名家寫作教室

小學生必學的實用文

黃虹堅 著

新雅文化事業有限公司
www.sunya.com.hk

編者的話

　　「實用文」在小學中國語文學習中是重要的內容之一，它在現實生活中會使用，但內容又相對枯燥刻板。為了提升小學生的學習興趣，我們講述了從活力星球來的孩子哪吒到地球學習中國文化的故事，藉此生動地講授了通告、公告、便條、書信、日記、周記、說明書、閱讀報告、標語、海報、單張、廣告、賀卡、邀請卡和慰問卡等15種實用文體的寫法，從內容到格式都有較周詳的說明、指導。

　　我們的想法是：學生可從中有效地學習到實用文的寫作方法，收獲語文知識；同時也希望他們在清新傳神的文字中讀到一個奇妙有趣的科幻故事，受到文學營養的薰陶。這種一箭雙雕的效果，是我們策劃本書的初心。

本書有許多實用文的正確示例，也有錯誤示例，找出正確的牢記在心吧！

1 公告、通告

外星人哪吒

小健、小剛、小敏和小鈴都喜歡閱讀，他們是奮進小學的「閱讀大使」，常到學校圖書館幫圖書館主任陳老師的忙。

九月新學期開始，圖書館的事又多又雜。

小健是「閱讀大使」的組長。他個子高，長得秀氣；小剛呢，長得壯健，性子有點急；女孩子小敏性格文靜，說話慢條斯理的；小鈴卻有點像男孩子，聲音就像她的名字，像鈴聲一樣悅耳。

小鈴和小剛同班，小健和小敏分別在別的年級。但因為他們都喜歡閱讀、寫作，成了好朋友。

星期五放學後，幾個人像往常一樣到圖書館，一邊整理圖書，一邊議論將要舉行的「閱讀報告比賽」。

小剛說：「不少同學還不知道這事呢，怎麼通知他們哪？」

小健想了想：「是不是要出一份『公告』通知大

家？」

　　小敏有點懷疑：「『公告』？政府宣布重大事情才用的呀，我們上網找找看……」

　　她在電腦上打開了一個網頁：「這是運輸署的『公告』。閱讀報告比賽的內容能這麼寫嗎？」

　　四個人把腦袋湊近電腦，只見是一份運輸署的公告。

運輸署公告
為配合綠油油郊野公園交通管制的特別交通安排

　　為配合綠油油郊野公園交通管制，當局現公布將於 2017 年 12 月 2 日（星期日）至 2018 年 1 月 28 日（星期日），逢星期六、日及公眾假期，上午 7 時至晚上 7 時，在愛山區實施下列特別交通安排：

一、道路封閉

　　環保路由公園與種植路交界以東約 475 米處起，至環保路停車場為止的一段道路，將會間歇性封閉，禁止所有車輛進入。實際封路時間或會視乎需要執行。

二、注意及呼籲

　　警方將視當時環境、交通及人羣情況，實施及調整封路、交通管制及公共運輸服務改道等措施。

　　有關地點將設置適當臨時交通標誌指導駕駛人士。駕駛人士請避免駕車前往受影響的地區，並要小心駕駛，保持忍讓，遵從現場警務人員的指示。

運輸署署長何小欣

二零一七年十二月一日

小鈴説：「就按這個樣子去寫吧！」

陳老師正在圖書館的另一頭布置「新書介紹」的壁報，掉過頭來很有興趣地聽着孩子們的討論。

小健走到白板前拿起了筆：「咱們先打個草稿，不對的地方請陳老師改正⋯⋯」

小健邊寫邊和大家討論，別的同學在一旁你一言我一語地補充、修正。不一會，一份他們心目中的「公告」就寫好了。

為配合「閱讀報告比賽」的安排公告

本校圖書館將於 2018 年 10 月 5 日（星期五）至 2018 年 12 月 3 日（星期一）舉行「閱讀報告比賽」，安排如下：

一、目的

「閱讀報告比賽」是為了推動同學們的閱讀寫作活動。

二、注意及呼籲

(1) 參賽同學可以選擇一本好書閱讀，然後寫一篇閱讀報告，在上述時間內交到圖書館。

(2) 請大家踴躍參加。

閱讀大使
小健、小剛、小敏和小鈴

他們興奮地朝陳老師嚷道：「陳老師您看看，這麼寫行不行？」

陳老師早把一切看在眼裏，她走過來笑笑說：「剛才小敏說得對。『公告』是一種政府機構使用的實用文，目的是向市民宣布重大事項或者政策。我們要發布『閱讀報告比賽』的信息，只針對本校同學，範圍沒那麼廣，用『通告』比較合適。」

小健指着白板問：「那……是不是把『公告』二字改成『通告』就行了？」

「問題不在這裏。『公告』也是『通告類文書』中的一種，它們在格式上有自己的規則……」陳老師耐心地說，「你們寫的這個……嗯，如果你們就是想參賽的同學，看了這些文字，明白活動的要求了嗎？」

小剛吐了吐舌頭。

小鈴搶着說：「沒說要寫多少字……」

小健也搭話：「也沒說什麼時候公布賽果……」

小敏慢悠悠地插話：「還有，文章是不是一定要交電腦版？手寫的行不行呀？」

陳老師説：「看，你們也找到毛病了。這則『通告』，要説明的事沒交代完整，信息不清楚。再説，文字也缺鼓動性，不能引起同學參加的熱情。」

小健點點頭：「陳老師您給我們示範一下，讓我們也提高提高。」

陳老師拿起筆時，天邊忽然閃過一道金光，把天空照得透亮，晃花了大家的眼睛。可是待大家定神看時，灰藍的天上只飄着幾朵染着夕輝的白雲，和平時的晴天沒什麼不同。

小剛緊張地問：「大家看見剛才那道光了嗎？」

大家都説看見了。小健把那道光形容成一把金劍，小敏則説它像一把金傘。

孩子們正激動地議論着，陳老師定定神，冷靜地説：「可能只是哪裏反射過來的光線罷了。大家還是把注意力放到『通告』上吧！」

實用文小教室：公告、通告

公告和通告都是用來公布和傳達信息，行文要簡潔、易明。

「公告」指「公開告知」，對象是社會大眾，一般是政府部門用來宣布重要的事情、政策等，例如「招標公告」。公告除了在報章刊登、公開張貼，還會用電視廣告、電台廣播等形式表達。

「通告」的「通」是「普遍」的意思，「告」指「陳述」。機構與團體如有重要事項要讓相關的人知道，就會直接發出或寄出「通告」。例如學校會給學生和家長發出「秋季旅行通告」。

公告的格式樣本

標題

交代公告的性質和內容，一般會寫明「公告」二字。

有時會在標題附近寫明公告的編號，例如「第 X 號公告」。

正文

交代要發布的消息。開首多以「現公布」三字帶出下文。

正文內容如較複雜或功能特殊，會用列點、列表等形式幫助表達。有些政府部門或公共機構會省略「結束語」。

發文者署名或蓋印

日期

清楚寫出年、月、日。

清楚交代發文者所屬的機構團體名稱、發文者的職銜和名字，開新行靠右書寫。

通告的格式樣本

扼要交代通告的性質和內容，有時會寫上發出通告的部門，一般會寫明「通告」二字。

標 題

正 文

交代要發布的消息。可以直接說明需要民眾知道或遵守的具體事項，也可以先說明發文原因、目的或發文的依據。

正文內容如較多，可以分段，或用列點、列表、附圖等形式，以便閱讀。

結束語

受文者

發文者署名或蓋印

附件或分發名單（如有）

日 期

開新行頂格書寫，應寫清楚年、月、日。

必須清楚交代發文者所屬的機構與團體名稱、發文者的職銜和名字，開新行靠右書寫。

如果標題已交代機構團體的名稱，這裏只需寫發文者的職銜和姓名。

如有附件或分發名單，可在發文者署名之後、日期之前，開新行頂格書寫。

「結束語」即用來結束全文的話語，例如「特此通告」、「以上通告中文學會全體會員」等。在正文之下，開新行空兩格書寫。

「受文者」即這份通告的對象，有時與「結束語」在同一行書寫，有時在「結束語」下另開新行頂格書寫。如發文對象較廣泛，可直接用「特此通告」作結，省略「受文者」。

陳老師提起筆，「刷刷刷」幾下子就寫好了。

關於「閱讀報告比賽」的通告

為了推動我校的閱讀寫作活動，學校圖書館計劃舉行「閱讀報告比賽」。活動詳情如下：

一、本次比賽分初、中、高三個組別，供一二、三四、五六年級的同學參加。

二、參賽同學可自選一本好書閱讀，然後根據參加的組別，寫一篇 80-100 字、200-300 字、400-500 字的閱讀報告。

三、文章可以用原稿紙手寫，也可用電腦打字，但版面必須乾淨清晰。

四、交稿日期：2018 年 10 月 5 日（星期五）至 2018 年 12 月 3 日（星期一）。稿件可交到圖書館的收稿箱。

五、評選小組由副校長、各級中文科主任及圖書館主任組成。小組將從來稿中評選出各組別的第一、二、三名。得獎者將獲得豐富而實用的獎品。

六、比賽結果將於 2018 年 12 月 20 日（星期四）公布，隨後即舉行頒獎禮。

希望同學們盡情展露你們的寫作才華，熱烈歡迎大家踴躍參加！

此致

奮進小學全體同學

「閱讀報告比賽」評選小組

二零一八年九月十四

小健撓撓頭，問：「老師，『公告』由政府部門發出，『通告』就由一般團體或機構發出了，對嗎？」

陳老師說：「政府也會發『通告』的。『通告』和『公告』最大的區別，是對象不同。『通告』有特定範圍的對象，『公告』則是廣泛地告訴公眾，越多人知道越好。在學校，我們較多用『通告』。閱讀報告比賽的『通告』可以這樣寫……」

這時，不知從哪兒傳來了一陣叫好聲：「老師的字寫得真漂亮！我也要參加比賽！」

那把聲音清清脆脆的，很響亮，是個小男孩的聲音。

學校早就放學了，圖書館裏除了陳老師和他們四個人，已是空蕩蕩的。

小鈴驚叫起來：「天哪，太嚇人了！」

大家你看看我，我看看你，忽然想起了剛才閃過天空的那道強光。

一個穿着一身天藍色衣服、個子小小的男孩子忽然出現在大家面前。他有一張可愛的圓面孔，圓圓的眼睛不停滴溜溜地轉着。只是他的頭頂和一般人不

同，像聳起了一座尖尖的小山峯。

看上去他也就四、五歲的樣子。

大家正驚詫地打量他時，男孩子大大方方地伸出了小手，用好聽的聲音說：「你們好！我叫哪吒，想和你們交個朋友。」

四個孩子正猶豫時，陳老師先伸出手去和男孩子握手，親切地說：「哪吒你好！我是陳老師。你別怪我的學生沒禮貌，他們沒見過像你這樣的孩子。我猜你一定和他們不一樣吧？」

哪吒調皮地笑了起來：「都怪我沒作自我介紹……我的確和你們不一樣。我來自另一個星球，是你們地球人所說的……」

四個孩子瞪大了眼睛，齊聲喊了出來：「外星人?!」

男孩子點點頭。

小健忙向他伸出手：「我叫小健……可是你怎麼起了個中國人的名字，又怎麼會説我們的語言？」

「哦，我生活的那個活力星球，可以接收到地球的很多信息。我上的是未來學校，那裏有許多分校，可以學習其他星球的很多知識。不過我最喜歡的是地球，特別是中國。學校教我們説多種中國語言，還教我們認識了中國的歷史。

我喜歡《哪吒鬧海》的故事，自己就取了個中國名字唄。校長布魯先生説——哦，他脾氣很大，可是人非常好——總有一天，我們會和地球人交往。所以他讓我到中國來實習，和地球人交朋友，學習中國文化。我第一天來到中國，活力導

航儀就把我領到了你們香港奮進小學，和你們真是有緣呢……」

幾個孩子聽呆了，簡直不相信自己的耳朵。

小剛追問：「你不是編故事騙我們的吧？你是怎麼來到地球的呢？」

哪吒露出委屈的神氣，從衣服口袋掏出了一個巴掌大的銀色小盒，說它叫「活力盒」，裏面除了導航儀，還有各種各樣的搜尋器和科技用具，自己就是靠它來到地球的。

大家還是不信：「怎麼可能呢？」

哪吒對着活力盒吹了口氣，再喃喃唸了一句什麼，兩個金光閃閃的小輪突然在大家眼前飛旋，哪吒一跳，穩穩站到輪子上，再向上一躍，一道金光一閃，他馬上就無影無蹤了。不等大家回過神來，哪吒又披着一道金光出現在大家跟前，把大家看得目瞪口呆。

他又唸了一句什麼，兩個小輪頓時化作了一道光線鑽進了小盒，消失了。

哪吒介紹那兩個小金輪叫「活力輪」，上面安了「活力閥」，可以調節飛行的速度。

「你們都親眼見到了，我沒騙你們吧？」哪吒又伸出了手。

幾個孩子搶着和他握手，搶着自我介紹，連聲歡迎他。

哪吒鬆了口氣：「好了，我可以向布魯校長報告：我終於交上地球人的朋友了！不過，布魯先生是個嚴屬的老頭，一定會朝我吼：小哪吒，你要正式上課學習，才算是實習的開始啊……陳老師，我可以到教室去上課嗎？」

「這個……」陳老師有點為難，「學校現在恐怕還不能收一個外星來的學生……不過，你可以參加我們閱讀大使的活動，那也是一種學習啊。今天你不也學了怎麼寫『通告』了嗎？」

「你有問題可以問我們呀。我們不懂的，就幫你問老師。」小健也安慰他。

哪吒的眉頭剛鬆開，馬上又皺緊了，「我還需要一個地方落腳。誰見到我這模樣，可能都不敢收留的……」

話沒說完，小健就打斷了他：「到我家吧。我

爺爺最近回了老家養老，他的房間空着，你就住那兒！」

陳老師問：「小健，你爸爸媽媽那兒，要不要我去說一聲？」

「用不着……」小健堅決地說，「爸爸媽媽平時就樂於助人，我想他們一定願意去幫助來學中國文化的外星孩子！」

哪吒說：「今天我還是先回去，等伯父伯母點了頭，我再住到你們家去——這樣我就能有更多時間向你們學習了。」

大家都說就這麼辦。

小健要把自己家的電話、地址告訴哪吒。

哪吒擺擺手說用不着，他掏出活力盒，神秘兮兮地說：「通過身體接觸，你們的信息都在這

裏了。我有辦法找到你們。」

小健忙問：「我們怎麼和你聯繫？」

哪吒説：「你就唸這兩句話：『哪吒哪吒在哪裏？你的朋友要找你。』聽到你的話，我馬上就會來到你身邊！」

説着，哪吒和大家揮手告別，對着活力盒喃喃了幾句，喚出了活力輪，風一陣似的消失在一道金光裏。

大家愣了好久，仿如在夢中。

陳老師開口喚醒了大家，説：「我建議今天的事要絕對保密，免得驚動了傳媒。哪吒一旦曝了光，所有人，包括學校就別想過正常的日子了，他的學習任務也完不成了。還有，我建議只委派小健和哪吒聯繫，別的人不要去打擾他。」

小剛有點不樂意：「要是我想找他玩兒呢？」

小敏勸他：「聽陳老師的話吧！大家同一時間都要找哪吒，他忙不過來；再説也容易暴露呀。」

「對對對⋯⋯」小剛也同意了，「不過，凡是我

們開會聚會，小健都一定要把哪吒帶過來呀。」

大家伸出指頭拉了鈎，發誓不把這事說出去。

小健想了想，說：「這麼說，這事也得讓爸爸媽媽保密。回家我就跟他們說。」

陳老師提醒說：「小健，你報名參加的校際朗誦比賽，今年可以自定朗誦篇目。你還沒報給負責的老師呢。」

小健一拍腦門：「今天本來想請大家幫我選定一篇誦材的。可來了個哪吒，就把這事忘個一乾二淨了。」

小敏安慰他：「你別急。前兩天你說了這事後，我就替你選了一篇。等『大使』們推薦的文章齊了，你再挑一篇吧。」

小鈴拍手說：「好！」

小剛卻半天沒有反應，一個勁地說：「不可思議，不可思議。」

小鈴忍不住捶了他一下：「說什麼呢？」

小剛像從夢中醒來：「我在說哪吒呢，今天真是大開眼界了。」

便條

晚間聚會

回家路上，小健想把哪吒的事提前和爸爸媽媽打招呼，可是手機沒電了。

回到家，已是六點多，家裏靜悄悄的，只有媽媽在廚房做飯，見不到平時手腳不停忙家務的爸爸。

爸爸在電訊公司上班。媽媽本來是中學老師，可是生了一場大病，就把工作辭了。身體復元後，就在家附近的補習社上半天班。

小健本想在爸媽都輕鬆、閒適的周末，把今天的驚天見聞告訴他們，不料爸爸不在。他上哪兒去了？

媽媽告訴小健，爸爸回鄉下看爺爺去了，讓他看爸爸在飯桌上留下的便條。

小健有些失望，少了爸爸，聊天就沒那麼熱鬧了。他心裏閃過一個念頭：乾脆把哪吒找來，讓他先和媽媽認識一下。媽媽如果答應讓哪吒留下，爸爸那兒就沒難度了。

小健心裏這麼一想，嘴裏就不知不覺唸出了那兩句口令：哪吒哪吒在哪裏？你的朋友要找你⋯⋯

　　話剛出口，窗外颳過一陣大風，大樓好像重重晃了一下。鄰居獨居的李婆婆是個熱心人，在走廊裏大聲招呼：「颱風了！快把窗戶關嚴啊⋯⋯」一道光芒閃過，天空很快又暗了下來。借着餘光，小健看見哪吒的小圓臉貼在窗玻璃外頭，正好奇地往屋子裏探頭探腦呢。哪吒一見到小健，當即綻開了笑臉。

　　小健悄悄打開了窗戶，哪吒一側身閃進，穩穩地落在地板上。

媽媽從廚房裏衝出來，連聲叫道：「小健小健，是地震了嗎？……咦，這個小朋友，你是誰？」

哪吒一點兒都不慌張，畢恭畢敬地向媽媽鞠了個躬：「阿姨好！我叫哪吒，是從活力星球來向地球的小朋友學習的。」

媽媽緊張得話都說不清了：「等等……什麼哪吒？什麼活力星球？你是……外星人？」

小健連忙把媽媽推進廚房，把下午圖書館裏的事一五一十地說了。最後他說：「媽媽您不會反對我請哪吒住在我們家的，是不是？您平時總是教我要幫助別人的呀。」

媽媽定下神，往客廳看了看：「小傢伙倒是挺可愛的，住幾天沒問題……長住嘛，這事還得你爸爸點頭。」

「爸爸那兒就交給我了！」小健很有信心地說。

哪吒在客廳裏東瞧西看，屋子裏的一切都讓他覺得新奇：「喲，這兒還有個『通告』……」

哪吒的眼光落在飯桌的紙條上，他拿起來結結巴巴地讀起來：

小健媽媽和小健：

剛才⋯⋯給你們⋯⋯打過電話，可是不知⋯⋯

小健正好從廚房出來，哪吒忙把紙條交給他，不好意思地說：「叔叔的字寫得潦草，我認不了。這『通告』還是你唸給我聽吧。」

小健拍拍哪吒頭頂上那座小山峯：「這可不是『通告』！『通告』是面向眾人的。這個叫『便條』，是一種生活裏常用的實用文體，多數是寫給熟人或親友交待具體事項的⋯⋯前兩天中文課剛教過『便條』，我對它的印象還很深呢⋯⋯」

他拿起便條唸了起來：

小健媽媽和小健：
　　剛才給你們打過電話，可是不知為什麼都不通。
　　一小時前接到鄉下大姑婆的電話，說爺爺摔了一跤進了醫院。我決定馬上回去看看，爭取星期一回來。
　　有急事給我打電話，注意安全。

愛你們的偉生
2018 年 9 月 14 日
4:24pm

哪吒眼珠一轉：「小健哥哥，我今天是不是就可以住在你家了？」看到小健點頭，他有些興奮，說：「我爸爸媽媽今天也到別的星球工作了，我也給他們留個便條，告訴他們這幾天不回去了，省得他們擔心。」

小健很好奇：「你們也有爸爸媽媽嗎？」

「我還有一個妹妹呢……」哪吒說，「我們星球和地球不一樣的地方，就是山非常綠，水非常清，沒有污染。房子材料是透明的，可以永久使用……」

「你們吃什麼喝什麼呀？」

「我們吃的叫『活力果』，喝的叫『活力水』，都是又健康又好吃的食物。」

小健聽得很來勁，忙拿出紙和筆：「快，你去寫便條。我去打電話把小剛他們約到這兒，聽你講講你那個星球的生活……」

不等他說完，家裏的電話就響了，是小剛打來的。剛接完小剛的電話，小鈴的電話就來了。最後打電話來的是小敏。她慢吞吞說的第一句話，和小剛小鈴說的一模一樣：「剛才天上閃過了一道金光，和我

們下午見過的一樣。是哪吒來了嗎？」

小健一個勁地點頭：「沒錯沒錯，哪吒正在我家裏呢！你快來，小剛他們也會馬上到！」

為了討論閱讀寫作，幾個好朋友在小健家留宿不是頭一回了。以往吃喝都是爸爸打點的，今天爸爸不在，小健就要幫媽媽操心了。怎麼安排大家睡的地方？要不要補充點吃喝？小健又是拿被子又是開冰箱，一下子忙開了。

哪吒拿着寫好的「便條」找他：「小健哥哥，你幫我看看，我寫得對嗎？」

「便條」上寫着：

親愛的爸爸媽媽：

　　你們好！我是你們親愛的大兒子哪吒。我非常愛你們，就像你們非常愛我一樣。雖然離開你們不過短短一會兒，可是我覺得已經離開你們好久好久了。

　　我來到地球認識了小健、小剛、小敏和小鈴幾個好朋友，還有陳老師呢。他們都對我非常好。我已經學會了「通告」

的寫法，現在又在學寫「便條」。

今天晚上我就在小健哥哥家裏住。他家有三個房間。他爺爺本來住一間，可是他回鄉下去了，我就住他空出來的那間。他的家收拾得乾乾淨淨的，還養了兩盆好看的花。等一下其他哥哥姐姐也要到這兒，他們都是些樂於助人的好人，你們就不用擔心了。

我妹妹好嗎？她是個聰明好學的孩子。我實習完回去，會有好多好多的事告訴她。

如果你們看不懂所有的中文字，可以去找校長布魯先生，他是一位學問家，對地球和中國都有非常豐富的知識。

祝你們

開心健康！

你們的大兒子哪吒

今天

這當兒，門外鈴聲陸續響起，是家長們把小剛他們送過來了。他們和媽媽很熟，只在門口打了個招呼就走了。

大家見到哪吒，就像見到老朋友一樣親熱。

小剛嚷嚷道：「今天晚上不睡覺了，聽哪吒給我們講講活力星球的故事。」

小敏和小鈴也說已經和家長說好，要討論的事太多，星期六別一大早就來接我們回家！

小健擔心地問：「沒提到哪吒吧？」

大家都搖頭擺手：「沒有沒有！咱們是拉過鈎發過誓不往外說的呀。」

小健：「這就好。先來看看哪吒寫的『便條』，幫幫他……」

大家腦袋往「便條」上一湊，便叫了起來：「這可不是『便條』……」「廢話太多了……」「格式不對了……」

哪吒有些委屈：「哥哥姐姐們，人家從來沒寫過嘛。」

小敏安慰他：「姐姐幫你改改……」說着拿起筆劃去了幾句，再告訴他正確的格式，讓哪吒再抄了一遍。

實用文小教室：便條

　　「便條」是指因時間匆忙，要交待的事不複雜或不太重要而寫的紙條。多寫給熟人或關係密切的朋友。留言、約會、請假、回覆等事項都可使用便條。

　　便條涉及的事項比較簡單，容易說清楚。內文只需要寫明受文者姓名、正文、發文者姓名、發文日期和時間。

　　便條跟書信不同，不會郵寄給對方，一般都不加信封或封套。

便條的格式樣本

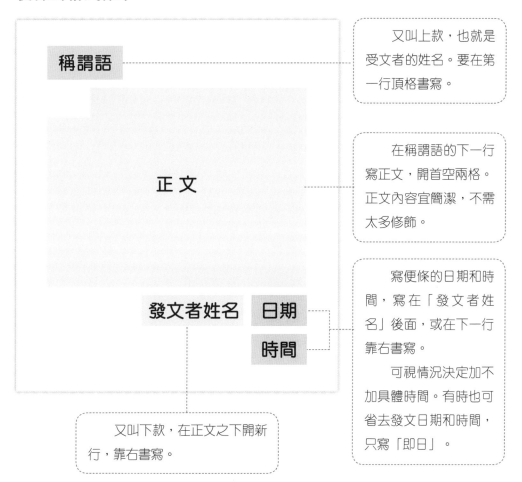

稱謂語 —— 又叫上款，也就是受文者的姓名。要在第一行頂格書寫。

正文 —— 在稱謂語的下一行寫正文，開首空兩格。正文內容宜簡潔，不需太多修飾。

發文者姓名　日期　時間 —— 寫便條的日期和時間，寫在「發文者姓名」後面，或在下一行靠右書寫。

可視情況決定加不加具體時間。有時也可省去發文日期和時間，只寫「即日」。

發文者姓名：又叫下款，在正文之下開新行，靠右書寫。

新的「便條」寫成了下面的樣子。

親愛的爸爸媽媽：

　　我來到地球認識了幾個好朋友。今天晚上開始，我就在小健哥哥家裏住了。朋友們都對我非常好。你們不用擔心。

　　如果看不懂中文字，你們可以去找我的校長布魯先生。

兒子哪吒　2018 年 9 月 14 日

8:00pm

　　哪吒謝了大家，拿起「便條」告別。

　　小剛不捨地追着他：「這一去一回的，你什麼時候才能回來啊？我們可是為了你才聚到這兒的呀。」

　　哪吒轉轉他的圓眼睛：「小剛哥哥放心，半個小時內我一定會回來！」說完他到廚房向媽媽告了別，掏出活力小銀盒，叫出活力小金輪，輕輕一跳，一道金光之後，便消失了。

　　小剛對着窗戶發呆：「我看過一則資料，在外太空裏，地球和距離最近、可能有生命的行星相距約 4 光年，要花 3 萬年才能到達。哪吒怎麼可能只用半個

小時就來回呢？」

　　小鈴有點亢奮：「太神奇了！等會兒哪吒回來一定不讓他睡覺，讓他『坦白坦白』，說說他們星球人怎麼這麼有活力！」

　　「他們吃喝的是……」小健剛開口，就被小敏打斷了，說：「趁着等哪吒的功夫，討論一下朗誦文章吧——喏……」她從雙肩包裏掏出一本褐色封面的書，裏面夾了一個書簽。

「有首詩很適合小健朗誦……」她說。

書是香港作家清風的作品集《天快黑了》。夾着書簽那首詩是：《我們就要長大了》。

小健才看了第一段，就被詩的激情打動，不由得唸出聲來：「天快黑了，可是我們不怕黑，我們一天天長大，我們是勇敢的人，我們是美好的人……」

小剛拍着手說：「我們也不用再替你找別的誦材了，就它吧。」

小鈴和他鬥嘴：「你是能偷懶就偷懶吧？——不過，這幾句詩我也很喜歡。就它吧。」

小剛便反咬一口：「你還不是跟我一樣想偷懶？」

正打鬧着，哪吒回來了。大家看看掛鐘，他一去一回的，用了不到一小時。

小剛抓住哪吒的雙肩使勁地搖：「你這傢伙吃了什麼這麼厲害呀？怎麼一眨眼就回來了？」

哪吒眨眨眼，一本正經地回答：「我們吃的是『活力果』，喝的是『活力水』。它們令我們有比地球人強的力量……」

大家都聽呆了，又問：「你不是說半小時就能回

來嗎？現在可是用了快一個小時呢。」

　　哪吒認真地回答：「我的活力閥是可以調教的。把它的級別降低，用的時間多些，可動靜沒那麼大——我怕又驚嚇了鄰居。」

　　「好孩子！」媽媽突然插了進來，「阿姨就喜歡能為別人着想的孩子！」

　　小健向其他人暗暗使眼色：行了，哪吒有希望長住下來了！

3 書信

爺爺的信

一個晚上大家都圍着哪吒，讓他講活力星球的事。媽媽催了幾回睡覺，可是大家都說不睏。

最讓大家覺得新鮮的是，活力星球根本就不需要交通工具，因為人人都像哪吒一樣，在星球間來往也就不過是半個多小時的事。

「活力閥能讓我們行走如飛。如果不到別的星球，就要把活力閥取下來，我們走路也就會慢下來。可就這樣，也會比地球人走得快得多⋯⋯」

大家忙着聊天，小健卻對清風的書愛不釋手。清風寫了他在香港度過的童年和少年時代。那時日子過得艱苦，可是「閱讀」讓他保持了發奮的心，終於從報館一名校對員成長為一名香港人熟知的作家。

星期六早上，小剛他們告辭回家。臨走時，小剛握着哪吒的手捨不得放開，對小健說：「如果你爸爸不讓哪吒留下，我歡迎他上我家去——我可以跟他擠

一張牀……」

小健往外推着小剛：「少操心！走你的吧。」

小健的爺爺在醫院照過 X 光，證實只是崴了腳。爺爺便催爸爸回香港，說不放心小健和媽媽。

他們老家到香港要坐一兩個小時的火車和汽車，爸爸到家時也快到中午了。一進家門他就嚇了一跳：地上、沙發上堆着被子，小健在沙發上蒙頭大睡，一個尖腦袋圓臉蛋的小男孩乖乖地坐在小椅子上看電視。

爸爸詫異地問：「小朋友，你是誰？」

小男孩還沒開口，小健就被驚醒了，他一掀被子急忙把爸爸拉進房間，和媽媽一起把哪吒的來歷源源本本地説了。

　　爸爸半天沒透過氣來，想了好一會兒才説：「這樣吧，我先去問問陳老師的意見。」説着，他和媽媽躲進廚房，給陳老師打電話。

　　小健懸着的心落了地，看樣子爸爸不會反對哪吒留在家裏了。

　　果然，爸爸媽媽出來的時候，對哪吒露出了燦爛的笑容。

　　媽媽拉着哪吒的小手走到爺爺的房間，説：「孩子，以後你就睡這兒了。」

　　爸爸也説：「小哪吒，今後你就把這兒當成自己家吧。」

　　哪吒向爸爸媽媽深深鞠躬：「謝謝叔叔阿姨。」

　　小健抓住爸爸媽媽的手：「你們千萬不能讓外邊的人知道……不行！咱們得拉鈎，再發毒誓！」

　　爸爸覺得好笑：「你這孩子怎麼不信人呢？我跟你媽媽答應過陳老師會嚴守秘密。有那時間發毒誓，

你還不如給爺爺寫封信。他老人家惦記你參加朗誦比賽的事呢。」

小健說：「我在電話裏跟爺爺說過，正在找誦材呢⋯⋯不過，誦材昨晚已經敲定，我這就去寫信告訴他老人家。」

哪吒仰起了小臉：「信？信是什麼？是不是就是『通告』和『便條』呀？」

爸爸媽媽笑了起來：「小傢伙知道的還不少呢。」

媽媽很好奇：「小哪吒，你那個⋯⋯活力星球上沒有『信』嗎？『信』是我們地球人常用的啊。現在雖然有電腦、手機溝通了，可是『信』還是會常常用到的⋯⋯」

媽媽就像是在補習社給學生上課。

哪吒想了想：「我們的腳頭快。比如說我要去見小健的爺爺，一蹬腿一分鐘就可以飛到他跟前，什麼話都可以面對面說，我們不需要寫信。」

小健說：「我們當然也可以打電話。可是寫信比說話更有意思⋯⋯」

爸爸「啊」了一聲：「差點忘了！爺爺給你寫了

封信，他想把信投到郵箱，半道上摔倒進醫院了。我回去時，他讓我順便把信帶給你。」

　　爸爸說着從挎包裏找出了一個信封，上面右上角貼着郵票。

寄　香港九龍　美運新邨
開秀道　209 號
25 樓　F 室
陸小健收

中國廣東省東莞市塘厦鎮　陸付

　　哪吒目不轉睛地盯着那封信。

　　小健撕開信封拿出了信。爺爺按自己的習慣用了化學毛筆去書寫。哪吒的腦袋幾乎貼到信上，可惜那些字他認不全。他一把拉住小健的胳膊，着急地催他快唸。

　　信是這麼寫的：

小學生必學的實用文

小健我的孫兒：

　　近來學習忙嗎？身體怎麼樣？

　　爺爺離開香港，回鄉下生活了兩個多月，回到了自己出生和度過了童年、少年的地方，對周圍的人、物都感到非常親切。

　　這些年家鄉的變化巨大，我能認得的，只有離家不遠處流過的那條大江。我小時候它是這麼流淌的，現在我老了，它也還是這麼流淌。

　　其他的景物已不是我小時的模樣了。那些新建的橋樑、高樓和高速公路，你回來度假時都見過的。以前的小鄉野現在已經變成了一個繁榮的小市鎮了。

　　你來電話說報名參加了校際朗誦比賽，正在為選材發愁。不要急，多和爸爸媽媽和朋友們聊聊，他們一定會幫你找到一篇最適合的誦材。你有勇氣報名參加這次比賽，爺爺特別高興，這說明了你在成長的路上敢於向自己挑戰。在我看來，名次是次要的，重要的是要在參賽過程中，樹立專注地把事情做好的態度。

　　今晚月色如銀，一片靜寂，只聽到院子菜地裏的蟲鳴和遠處江水流過的聲音。如果你在這兒，咱們爺孫倆就可以到江邊走走，「曬曬」月光了。哈哈！

　　我等着你的回信，有空來看看爺爺。

　　祝

快樂、健康！

爺爺祖銘

二零一八年九月十一日

小健讀完信，哪吒半天都不説話，最後才長長舒出一口氣説：「爺爺的信寫得好感人啊。親人之間互相寫信，就像在談心。平時不太説的話，在信裏也説得特別温暖動人。」

　　媽媽告訴哪吒：「這就是中文的魅力。」

　　小健又告訴哪吒：「不但是親人之間可以通信，就是和學校或者其他機構之間有什麼事，也可以寫信去溝通。」

「好哇，」哪吒兩眼即時放光，「那我馬上就給校長寫封信，說我想當奮進小學的學生……」

話沒說完，小健就打斷了他：「又來了。你忘了陳老師的話了嗎？你現在還不能曝光。一旦暴露了身分，電視、報刊會天天來煩你，你還哪有時間去完成你的實習任務？……哎哎，你別撅嘴呀。」

哪吒委屈地說：「人家想學學怎麼寫信嘛。」

媽媽打圓場：「小健，你就讓小哪吒學學怎麼寫信嘛。信寫好了，哪天時機成熟，再寄出去！」

「我要自己寫信封貼郵票，把它投到……」他眨眨眼。

小健提醒他：「郵箱。」

「對！投到郵箱裏。」

爸爸誇他：「這孩子就是機靈，一轉眼功夫就把書信的事弄明白了——行！到時候叔叔給你買郵票，晚上沒人的時候帶你去寄信！」

哪吒露出了笑臉，一個勁地點頭，很快就把信寫好了。他把信伸到小健跟前：「看！」

那信寫得很簡單。

校長大人：

　　我想當奮進小學的學生，更好地學習中國的文化。請你答應我的要求。

　　　　　　　　　　　　　　　　哪吒上

小健叫了起來：「哎呀，書信的內容和格式都不對⋯⋯」

媽媽護着哪吒：「他哪些不對，你就耐心給他說說嘛。哪兒有你這麼當哥哥的？」

　　小健這才耐着性子給哪吒講解：「親友間的通信是私函，你剛才寫給學校的信是公函。凡是書信，對寄信人和收信人的稱謂都要注意。你看看爺爺的信吧，他稱我是『孫兒』，他自稱就是『爺爺』。開頭的問候語、結束時的祝福語、署名、日期，一樣都不能少。這才是一封信該有的樣子嘛。」

　　哪吒拿着爺爺的信看了又看，紅着臉點點頭。

實用文小教室：書信

「書信」是較常使用的實用文，分私函和公函兩種。

現在雖有各式各樣的電子溝通媒介，如電郵，那裏也可以使用書信。但把信件裝進信封，貼上郵票寄給收信人，還是生活中常見到的現象。

私函

私函就是私人書信，親友間可用它就私人生活事項互通信息、問候和致意。私函一般寫得比較親切和輕鬆溫暖，通常有七部分：

一、稱謂語

二、啟首語（開首應酬語）

三、正文

四、結尾應酬語

五、祝頌語

六、署名

七、日期

寫私函時，要注意收信人與寄信人之間的關係，留意對方的稱謂和自稱。

寫給長輩時，一般以關係稱呼，例如稱謂語直接寫「爺爺」。有時會加姓氏，例如「張叔叔」。

收信人（稱謂語）	爺爺/奶奶	外公/外婆	伯父/伯母	叔叔/嬸嬸	姑父/姑姑	舅舅/舅媽	姨丈/姨姨
寄信人（署名自稱）	孫/孫女	外孫/外孫女	姪子/姪女			外甥/外甥女	

　　如雙方是平輩關係，稱謂語可直接寫收信人的名字，略去姓氏，例如「青萍」、「國權」，又或是名字加關係，例如「青萍姐姐」、「國權表弟」。寄信人署名則可寫成「弟弟青生」、「表哥國明」。

收信人 （稱謂語）	哥哥 / 姐姐	堂兄 / 堂姐	表哥 / 表姐	友 / 同學
寄信人 （署名自稱）	弟弟 / 妹妹	堂弟 / 堂妹	表弟 / 表妹	友 / 同學

公函

　　公函又叫事務書信，指私人與機構或團體，或是機構與機構，團體與團體之間，就具體事項互相溝通的信件。公函以處理事務為主，收信人和寄信人多不認識，所以在稱謂和自稱方面要寫得清楚，行文宜客觀、有禮。例如：

收信人 （稱謂語）	職位 + 先生 / 女士 / 小姐	敬啟者 （多用於較正式的事務書信）
寄信人 （署名自稱）	XX 學校學生 / 市民 / 讀者等等	

書信的格式樣本
私函（私人書信）

稱謂語	又叫上款，也就是收信人的姓名，要在第一行頂格書寫。 寫給長輩時，稱謂語前面可以加修飾語，例如「敬愛的」。
啟首語（開首應酬語）	又叫開首應酬語，大多是問候、表達關心和思念等等。
正文	有時緊接啟首語後面書寫，有時開新段書寫。 書信內容廣泛，比較自由。多分段書寫。
結尾應酬語	在正文之後，一般有一兩句收結的應酬語，例如請對方保重身體、問候對方的家人、等候回信等等。 這些內容可接在正文之後書寫，也可開新段書寫。
祝頌語	向收信人致送祝福，或向長輩請安等等。 多在結尾應酬語的下一行，開首空兩格寫「祝」、「祝你」或「敬祝」，也可寫在結尾應酬語同一段的最後面。然後在下一行開首頂格寫出具體的祝願，例如「生活愉快」、「身體健康」、「學習進步」等等。
發文者姓名	又叫下款，在祝頌語之下開新行，靠右書寫。 姓名前面可加發文者的自稱，寫在姓名的上一行，或與姓名同一行，橫寫時多是小字，偏左書寫。 寫給長輩時，姓名後面可加「上」、「敬上」、「謹上」等，以表尊敬。
日期	開新行靠右書寫，可只寫月和日。

公函（事務書信）

稱謂語

> 在第一行頂格書寫。如是寫給機構或團體的人，宜寫出收信人的機構或團體名稱、部門、職銜和姓名。
>
> 如是較正式、嚴肅的內容，姓名後面可加知照語，例如「大鑒」、「道鑒」、「雅鑒」等等。

正文

> 可分段書寫，也可列點。多講述公事或要處理的事務，可略去開首和結尾的應酬語。
>
> 如是私人寫給機構或團體，內容多是查詢、申請、感謝、投訴等，內容要具體，表達要清晰，語句要保持禮貌。

祝頌語

發文者姓名

日期

> 向收信人表達祝福，寫法與私函大致相同，多祝對方「工作順利」、「事業成功」等等。

> 開新行靠右書寫，寫上年、月、日。

> 又叫下款，在祝頌語之下開新行，靠右書寫。
>
> 姓名前面可加發文者的職銜或自稱表明身分。姓名後面可加「啟」、「謹啟」、「謹上」等。

媽媽幾下子就把哪吒的信改好了：「哪吒，你寫給校長的信該是公函。來，看看要怎麼寫……」

哪吒大聲地讀信：

奮進小學李校長大鑒：

　　您好！現有一事要向您申請。

　　我叫哪吒，是活力星球的學生，受星球未來學校地球分部的中國組委派，到地球學習中國文化並做相關的實習。

　　為了更好地達成目標，我希望能成為奮進小學的學生，特向您申請並望得到批准。

　　給您添了麻煩，敬希諒解。

　　祝您

工作順利！

申請人
哪吒謹上
二零一八年九月十五日

哪吒指着「您」字：「這個是什麼字？」

「這個字是向對方表示尊敬。收信人是校長，又是你的長輩，所以要用『您』字，普通話讀 nín。你和小健哥哥是平輩，寫信稱『你』就行了。」

「原來有這麼多的學問⋯⋯」哪吒做了個鬼臉朝媽媽一笑，「阿姨，謝謝您！」

他把那個「您」字唸得字正腔圓。

爸爸掩飾不住對哪吒的喜愛，問媽媽：「咱們小健小時候好像沒哪吒聰明吧？」

小健抗議：「爸爸偏心眼！」

4 日記、周記
哪吒的心事

哪吒就這樣在小健家住下來了。白天小健去上學，爸爸媽媽去上班。哪吒一個人在家裏就看看電視，翻翻書報。

媽媽每天都花樣翻新地給哪吒做好吃的飯食，他也吃得很開心，可偶爾也會想念活力果和活力水。實在饞了，他就會蹬上他的活力小金輪，飛回活力星球去打牙祭，可是每次都躲不過布魯先生的眼睛，讓他罵得狗血噴頭地飛回地球。老頭子恨不得他的學生都像他那樣迷戀學習，特別是學習地球的知識。

「時間！小哪吒，你的時間都浪費在路上了！」他向哪吒吼道。

家裏人都不在的時候，悶是有些悶，可是看了幾齣古裝電視劇集後，哪吒的中文有了很大進步，字也寫得好看多了。

哪吒特別喜歡晚上一家人坐在一起談天說地的

時光，更盼着星期五這個日子。這天放學後小健、小剛、小敏和小鈴都會集中到學校圖書館幫忙，哪吒會調校好他的活力閥，收斂起飛翔的大動靜，只讓兩個輪子駕上一陣輕風來到圖書館，從窗口悄悄地飄進，免得驚動了別的人。他還不能大搖大擺地從學校門口進來，他只像個四、五歲的孩子，頭頂上的小山峯又太礙眼，很容易引起別人的猜疑，就怕鬧出點什麼風波來。

星期五那天，幾個哥哥姐姐會集中在圖書館，一邊整理圖書，一邊講着學校各種有意思的事：誰誰今天和誰誰吵架了，誰誰上課吵鬧讓老師罰站，誰誰打籃球身手不凡，誰誰唱歌最好聽⋯⋯

多麼有意思！對比之下，哪吒覺得自己每天過得大同小異，生活幾乎千篇一律。他有點不開心，悄悄把心事告訴了小敏姐姐。他喜歡她。她說話時總是輕輕摸着哪吒頭頂的小山峯，話音又輕又柔，聽上去很舒服。

「小哪吒，你學學寫日記，也許就不會那麼悶了。」

「日記？什麼叫日記？」哪吒追問。

小鈴在一邊插嘴，她的話像連珠炮的，總是又快又急：「就是把你每天經歷的事寫下來呀⋯⋯」她朝小敏努努嘴，「小敏姐姐從二年級就開始寫日記，要不她的中文怎麼會那麼好呢。」

哪吒有點疑惑：「怎麼可能把所有的事都記下來呢？」

小剛抱着一厚摞書走過來放下，擦着額上的汗，嘴裏嘟嘟囔囔的：「哪吒我告訴你，寫日記是件最無聊的事！從睜開眼到上牀睡覺，有多少事發生？還都

得寫下來！給你唸一篇我的日記，你就知道有多悶了……」

他清清喉嚨，閉上眼睛背唸道：

今天早上六點半起牀，先去刷牙洗臉，然後去吃早餐。我吃了一個雞蛋，兩個雞尾包，喝了一杯牛奶。吃完早餐我就下樓去等校巴，校巴來了，我和大家上校巴上學去。

回到學校上課，上午上四節課，下午上三節課。其中一節是我最愛上的體育。下課了，我們在校門口等校巴，然後就回家了。

吃過晚飯開始做功課，做完功課我看了一會兒電視，後來就去洗澡，洗完澡已經是九點多，我就上牀睡覺了。

小剛話音剛落，小鈴在一旁已經笑得直不起腰：「你那是日記嗎？你那叫『流水賬』！」

哪吒又纏着小鈴：「什麼叫『流水賬』？」

小鈴一口氣說：「『流水賬』就是按時間順序記下了所有的事，沒有重點，也看不到作者自己的感情和議論。咳，就是我們香港話說的『有碗數碗，有碟數碟』唄。」

小剛歎了口氣：「不然該怎麼寫呀？」

陳老師已經細聽他們的對話多時，這時才開口說：「小鈴批評得有道理。寫日記最怕的就是『流水賬』。日記不需要大事小事都記下，像刷牙洗臉一類天天都做的事更不需要記下。我們要記的，是這天裏叫我們最動心的、印象最深刻的事。」

小健若有所思地插進來：「我覺得，小剛把他喜歡的體育課寫好，就會是一篇好日記。」

一說起體育課，小剛登時眉飛色舞：「那節課是打籃球……你們也知道我最愛打籃球了。所有電視轉播的 NBA 比賽我都不會放過！看運動員傳球上籃簡直是一種速度和力量的享受！我還喜歡看採訪球星，看他們的日常生活。有的球星很有愛心，常常去輔導一些學校的籃球隊，還常常去看望身體有殘疾的小朋友……」

所有的人都定睛看着他。

小剛有點窘，說：「怎麼了？我又說錯了嗎？」

小鈴第一個叫了出來：「你說得太好了！比你剛才那篇垃圾日記不知要好多少！」

小健拍着他的肩說：「你再按日記的格式整理一下，就是一篇很好的日記呀。」

小敏微笑着：「你記的是你那天感受最深、也最有興趣的事。這是日記最基本的要素。」

實用文小教室：日記、周記

　　「日記」以一天為單位，記下生活裏值得記住、有意義的見聞和感受。如果以一周為單位記述，就是「周記」。

　　日記和周記的形式相似，主要包括日期和正文兩大部分。內容上，多數是以自己為中心，寫的也是自己看到、聽到、想到的人和事。

　　不過，日記和周記都要注意不要寫成「流水賬」，不要事無大小都記下來。要篩選素材，去掉那些每天都會發生的事項，例如刷牙、洗臉、吃飯、睡覺，除非當中有些值得寫的事。寫時要找出最值得寫的、自己印象深刻的部分去寫，而且可以綜合運用記敍、描寫、抒情、議論的手法。

日記、周記的格式樣本

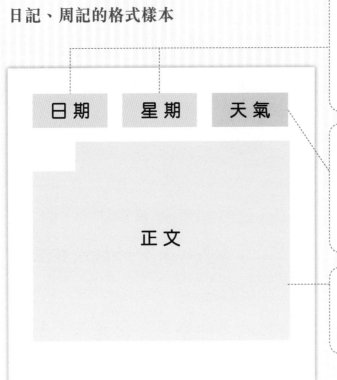

日記通常在第一行寫下當日的日期、星期，例如「九月十日　星期一」。

周記則只寫日期，略去星期，例如「九月一日至七日」。

記下當日的天氣，例如「晴」、「雨」、「天陰」等。

周記不用特意寫出天氣，因為一周裏的天氣可能變化較大。

多用第一人稱「我」，或以「我」為中心，記錄一日或一周裏比較特別、比較有意思的事。

這時陳老師手拿一篇文章，側頭笑看小敏：「我剛翻出一篇你去年寫的日記，得過全校比賽第一名的。願意給大家唸一下嗎？」

　　小敏不好意思地紅了臉。

　　小健給她解圍：「陳老師，我來唸吧——當是我參加朗誦比賽的一次練習。」

　　小剛張羅着報幕：「下面表演的是：詩朗誦……不不，是日記朗誦。作者：小敏，朗誦者：小健……聽者：陳老師、小剛、小鈴、還有哪吒……」

在大家的笑聲中，小健開始了朗誦：

2017 年 3 月 12 日　　　星期日　　陰轉晴

　　今天是星期日，爸爸媽媽帶我到香港大會堂音樂廳欣賞一場音樂會。

　　我的數學測驗比上次有了進步。聽這場表演，是爸爸媽媽給我的獎勵。

　　我們在尖沙咀碼頭坐過海渡輪來到大會堂，人們正邊交談邊進入音樂廳。我們的座位在二樓，要坐電梯上去，可是人很多。我心裏急得要命，因為演奏開始，就會禁止觀眾進入，要等樂曲停了才又放人，那我們就會少聽一段音樂，那是多大的遺憾啊。幸而我們進去安頓好了，演奏員們才陸續走上舞台，坐下來調音。

　　今晚演出的曲目之一，是貝多芬的第三鋼琴協奏曲，鋼琴家來自匈牙利。節目表相片上的他一頭銀髮，淡淡地笑着，看上去很親切。

　　表演當中觀眾非常安靜，連坐在我旁邊的一個三、四歲的小姑娘，也知道不能發出聲音。在樂章之間，樂隊會稍停。她媽媽低聲問她冷不冷，小姑娘把食指放在嘴唇中央，制止她媽媽說話。那一本正經的樣子十分可愛。

演出完畢，觀眾熱烈鼓掌，一次次地喊「安哥」。鋼琴家加演了兩首曲子，後一首是《給愛麗絲》。樂音一響，台下發出了一陣歡愉的輕笑。這首曲子人們太熟悉了，我自己也曾經練習過。這首曲被認為沒多大難度，但鋼琴家全曲都處理得細膩，彈出了自己的特色，博得了觀眾長時間的掌聲。

同一首曲，不同的演奏家有不同的演繹。我練鋼琴也好幾年了，以前沒有想到過這一點，今天的音樂會給我上了一課。

回家坐上渡輪，看着燈火絢麗的維多利亞港，我覺得今天晚上的香港分外美麗動人！

小健讀完，大家有好一陣還沉浸在日記的文字裏。

陳老師說：「這的確是一篇非常好的日記。不但記敍了事情的經過，也描寫了現場的氣氛，還有自己的感想。幾種手法都是圍繞着『我』出發的，讓人覺得真實親切。那一天裏，小敏一定還經歷過其他事，但日記應選取最值得記錄的去寫。這篇日記選取的內容就很精彩。」

小鈴說：「我真佩服小敏流暢優美的文字……」

小剛又嗆她說：「如果你能像小敏那樣，堅持天天寫一篇日記，你也能寫出那麼一手好文字。」

「不不……」小敏輕聲制止了大家，「今年因為功課多，我已經改寫周記了。每周只寫一篇，記下一周裏最值得記錄的人和事。回過頭去讀，它們是我最好的朋友，見證了我的成長和進步，也記錄了我的挫折和錯失。」

哪吒尖着嗓子叫起來：「到長到像布魯校長那麼老，再來讀這些日記和周記，一定很有意思：原來我們的生命是這樣一天天長大、變老的。我從今天起就學寫日記，回去也好向布魯校長報告實習的情況啊！」

大家都誇哪吒說得好，說我們怎麼就沒把寫日記周記和記錄生命掛鈎呢？

哪吒說：「在活力星球，大部分勞動都由機器人承擔了，我們活力星球人就有了時間去享受生命，所以生命意識特別強烈，希望可以體驗生命一分一秒的過程……可惜現在我出不了門。原因嘛，你們知道

的……」

他摸了摸頭頂上的小山峯，神情有些失落。

小健看得出哪吒很鬱悶，想：成天把哪吒困在家裏，不是損害了他的天性嗎？怎麼幫他走出家門呢？

他剛説出這想法，大家就搶着獻計。有的説晚上沒人時帶他出去走走，有人説給他戴頂帽子擋住那個小山峯，還有人説給他買部手機方便聯絡……

陳老師説：「帽子和手機包我身上了！」

哪吒抬頭看看這個，又看看那個，高興得滿臉通紅。他知道，哥哥姐姐還有陳老師都喜歡他，愛他。

5 說明書

怎麼打電話

吃晚飯的時候，媽媽像往常那樣，一個勁地把菜往哪吒碗裏搛，還不住嘴地說：「多吃點多吃點！哪吒你要是餓壞了，活力就會減退，回去見到你爸爸媽媽和布魯先生，他們該怪我們地球人不會照顧小朋友了⋯⋯」

哪吒腮幫子都塞滿了，連連點頭：「謝謝阿姨，今天的菜比『活力果』還好吃！」

小健說起大夥讓哪吒多外出走走的主意，還告訴爸爸媽媽，陳老師打算給哪吒買帽子和手機。

媽媽一聽就急了：「這錢哪能讓陳老師掏？哪吒在我們這裏住了這麼長時間，早就是我們家裏人了。他的東西該由我們買！對吧？偉生？」

爸爸偉生把筷子一撂，擦擦嘴：「我吃飽了！屋邨商場是開到十點嗎？我這就下樓給小哪吒買東西去！哪吒，你喜歡什麼顏色的呀？」

　　哪吒歪着小腦袋，認真地想了想：「天藍的？翠綠的？凡是叔叔買的我都喜歡！」

　　爸爸笑逐顏開：「怪不得誰都喜歡你呢，看你的小嘴多甜哪。」

　　小健要跟爸爸出去，對哪吒說：「顏色我就替你拿主意了！」

　　「謝謝哥哥！」哪吒答得親熱爽快，口氣真像是一家人。

　　媽媽吃完飯給陳老師打電話，說帽子和手機就不用陳老師費心了。

　　陳老師在電話那頭笑着，說：「陸太太，你們一家人都把哪吒當成自家人，這孩子真幸運哪！」

　　媽媽打電話時，哪吒跑前跑後地收拾碗筷，還要掃地。可是他個子太小了，揮動比他高得多的掃把，小臉憋得通紅。媽媽看他費勁的樣子，有點心疼，讓他快放下掃把，又笑道：「誰說我們哪吒只有嘴巴甜，看我們動起手來也挺能幹的呢。」

　　沒多久，爸爸和小健回來了。一進門小健嘴裏就唱出一句有名的交響樂樂句：「的的的登⋯⋯」他像

變戲法似的，從購物袋裏掏出一頂天藍色的棒球帽戴到頭上，接着又換了另一頂藍綠色相間的毛線帽：「夏天的冬天的都齊了……」

最後拿出來的，是一部銀色機身的手機。

哪吒謝了又謝，拿着這些專為他買的東西仔細端詳，興奮地嚷着：「真漂亮！這都是我喜歡的顏色呀，特別是手機。」

小健得意地對爸爸說：「爸爸您看，我說得沒錯！手機顏色和他的身上那個銀色的活力盒一模一樣，我就知道哪吒會喜歡的……先試試帽子吧。」

哪吒先戴上棒球帽，對着鏡子左瞧右瞧。大家都說戴上這帽子，哪吒顯得比平時還要精神。

小健又把毛線帽戴到哪吒頭上，說：「再看看這頂……」

一張薄薄的紙從帽子裏飄了出來。

哪吒撿起紙條看了半天，自言自語道：「這又是什麼？通告？便條？信件？還是日記？」

「你記性真好，學過的東西都記得很牢……」小健誇獎哪吒，「不過紙條寫的不是你說的那些！它是……說明書。」

哪吒即時拉長了耳朵：「是一種新的文章？」

「嗯，這個你以前沒接觸過……好，你唸唸吧。」

哪吒一字字認真地讀了起來：

「童靈」牌保暖冬帽使用說明書

歡迎使用「童靈」牌兒童保暖冬帽。本產品以 60% 的羊毛及 40% 的晴綸混紡製作，具保溫、耐磨、不易變形的特點。使用時，請留意：

① 本產品宜用手洗，不宜機洗、不可乾洗。

② 洗滌時，可用適量洗衣液，用大半盆 30 度左右的温水浸泡，再用手輕搓，然後用清水漂洗乾淨。

③ 本產品不宜擰乾，可用手輕輕把水擠壓出來，然後在陰涼處晾乾。

④ 不用時，可把洗乾淨的本產品放進附送的防塵袋裏，留待下次使用。

本產品是質量信得過的品牌產品。如發現任何質量問題，歡迎撥打公司客戶服務熱線 28009900 與我們的客戶主任聯繫。

童靈童裝公司

網址：www.tongling.com.hk

實用文小教室：說明書

「說明書」是說明某些事物的文書，例如陳述或解釋事情的處理方式和程序，或是解釋說明商品或服務的內容、功能、使用方法等。某些商品或服務的說明書，可能含宣傳成分。

另外，一些如「報名須知」、「住宿章程」、「申請手續」等說明要遵守規例的文書，也可視作說明書。

說明書的格式樣本

概括全文內容重點，有時會加上相關機構的名稱。

標　題

正　文

因應目的、對象、產品功能或特色等撰寫，內容長短不限，但表達要周全。

內容宜列點表示，較詳細的還會分章、節，並加上小標題，方便讀的人迅速、快捷地掌握要點。有需要時，也可用圖片來輔助說明。

行文要淺白、平實，用字要簡明、扼要。

某些說明書會在正文最後加「制定日期」，這部分可視實際情況作省略。

哪吒忙在手機包裝盒裏翻找。

「找什麼呢！」小健問。

哪吒說：「該有個說明書教人怎樣使用手機吧？我看小健哥哥你不但能用手機打電話，還能在上面發短信，有時還能畫畫兒⋯⋯有說明書就能教我把這套全學會了。」

小健從包裝盒裏翻出一個多國文字的小本子，看了看，抓抓頭：「它只介紹了手機構造和電池拆卸一類內容，至於如何使用手機，說明書上還真是沒有。現在的手機功能太多了，不同的功能都有不同的步驟，它不可能都寫齊呀⋯⋯」

哪吒有點着急了：「沒有說明書，你們是怎麼學的呀？」

「都是同學、家人之間互相教的。爸爸

是電訊專家呀……別急，我可以一個個功能教你：先教你怎麼打電話，再教你怎麼上網，然後再教你怎麼通過社交媒體和我們通短信……」

爸爸吩咐說：「小健，你可以像教洗帽子的說明書那樣，分開若干點，告訴哪吒某個功能第一步做什麼，第二步做什麼……」

哪吒拍起手來歡呼道：「這正是我最需要的！」

「那好，我先教你怎麼打電話。首先，這部新手機要插上電源充電八小時，然後找到開關按鈕長按，屏幕亮了，完成啟動以後，再找手機在桌面上的圖案，打開它輸入你要打的電話號碼……」

「等等，等等……」哪吒正忙着在紙上記錄：

1. 插上電源，充電八小時
2. 長按開關按鈕，啟動電話
3. 完成啟動後，找出桌面上的電話圖案
4. 點開電話圖案
5. 在數字鍵盤上輸入要打的電話號碼
6. 按「打出」的綠色按鈕，接通後即可通話

爸爸讀了哪吒的記錄，拿出筆：「我來加個題目……」他「刷刷」地在紙的頂部寫上「怎麼打電話」，然後說：「這就是說明書嘛。」

哪吒蹦了起來：「嘿，我會寫說明書了！」

第二天是星期六，媽媽和小健決定帶哪吒到超市購物。出門前媽媽為哪吒戴好棒球帽，端詳了半天：「好了，這一來，我們哪吒看上去和地球上任何一個孩子都差不多了。」

哪吒是第一次出現在大庭廣眾面前，有一點點拘謹。小健小聲鼓勵他：「別緊張，輕鬆點！」

他們在超市裏選東西時，哪吒特別活躍，凡是有說明文字的商品，他都要拿起來細細地讀，常常是小健回過頭來拉他才肯離開。

一個上了年紀的女人遠遠就和媽媽打招呼：「陸太太，幾天不見了……」

媽媽和她寒暄：「李婆婆，最近好吧？」

李婆婆歎了一口氣：「咳，好什麼！我那個不爭氣的外甥老來借錢，弄得我煩透了。他一個電台編輯，按說掙得也不算少了，可他愛賭，錢老是不夠

花……喲，這個小朋友還是第一次見呢。」

她伸出手去摸哪吒的腦袋，哪吒慌忙躲到媽媽身後。

媽媽拉他出來：「別怕生啊，大方點！來，叫李婆婆，她老人家是我們鄰居呢。」

哪吒聽話地向李婆婆鞠躬，清脆地叫道：「李婆婆。」

「哎呀呀，好孩子……」李婆婆高興得嘴都合不攏了，「小朋友是你們家親戚？」

「是……他是……」媽媽一時語塞。

小健忙機靈地接上：「他是……在很遠的地方的一個朋友的孩子……」他想他沒撒謊呀，哪吒已經是他們家人了，他的父母可不就是他們家的朋友了嗎？

媽媽回過神來了：「小健你怎麼越說越複雜了，這是我姪子，你的堂弟呀。」

回家的路上，哪吒問小健：「外甥是什麼？姪子、堂弟又是什麼？」

小健告訴他，這都是家人的稱呼：「就是說，你是我們的家人啊。」

哪吒心裏温暖極了，他一隻小手拉着媽媽，另一隻小手拉着小健，大踏步地走回家。

6 閱讀報告

友誼更重要

「閱讀報告比賽」快到截稿日期了，這幾天來圖書館借書的同學比平時多了一兩倍。

小剛放學時和小鈴走到了一起，高興地說：「看來咱們寫的那份『通告』還挺起作用的。」

小鈴也很高興：「這也算是我們閱讀大使為大家做的一件好事吧。」

正說着話，小健和小敏走了過來，問他們的閱讀報告寫得怎麼樣了。

小剛吞吞吐吐的：「我剛選好了一本書，還正在讀呢……」

小鈴也做了個鬼臉：「我剛開了個頭，寫好第一段就不知怎麼接下去了……」

小健說：「我把書定下來後，反復讀了好幾遍，想法是有了，等想法成熟一點再下筆。」

小敏誇獎他：「你總是那麼認真……你要寫哪一

本書？」

「就是你借給我那本清風的《天快黑了》。他的作品除了能做誦材參加朗誦比賽，也能寫閱讀報告。真得謝謝你……哎，小敏你怎麼了？」

小鈴摸摸小敏的額頭：「你臉色怎麼了？是不是不舒服？」

小剛大大咧咧地開玩笑：「你呀，還沒定好寫哪本書吧？比我還慢了一拍！」

小敏笑笑：「何止慢了一拍，好幾拍呢。我還拿不定主意寫哪本書，擔心趕不上截稿日期了。」

小鈴安慰她：「只要把書定下，你筆頭快，一晚上你就能完成了。倒是我，不知怎麼往下接呢。」

小健建議：「大家寫閱讀報告似乎都有點不順利。乾脆！星期五整理完圖書，我們就留下來討論怎麼把它寫好吧。」

大家都贊成，說閱讀大使該花更多的時間在閱讀上。

小剛看看左右，壓低了嗓門：「別忘了把小哪吒帶來呀。昨天晚上他偷偷和我通了電話，說他想寫一

篇《哪吒鬧海》的閱讀報告。他在活力星球上就是讀了那本書才把名字改成『哪吒』的⋯⋯小健你是不是冷落他了？他昨天委屈得都快哭了。」

小健拍拍腦門：「是我該死！這些日子又是準備閱讀報告，又是準備朗誦比賽的，忙昏頭了。這兩天他老纏着我給他借《哪吒鬧海》，我可能有點不耐煩了。」

「回去就向他檢討⋯⋯」小鈴不客氣地批評他，「人家是客人，又比咱們小，你得有個大哥哥的樣子嘛。」

「好了好了⋯⋯」小敏出來當和事佬，「我家裏就有本《哪吒鬧海》繪本。你告訴小哪吒，星期五我給他帶過去。」

這時小剛小鈴的同班同學美兒走過來，問：「你們在說什麼那麼熱鬧？」

「我們在說小哪吒⋯⋯哎，小鈴你幹嘛踩我的腳？疼死了！」小剛大叫起來。

小鈴瞪小剛一眼，對美兒打哈哈：「我們在說寫閱讀報告。小剛他說⋯⋯他說想寫《哪吒鬧海》的閱

讀報告呢。」

「太幼稚了吧？小剛你腦子進水了嗎？⋯⋯再見！」美兒急急地跑出校門，趕校巴去了。

大家這才鬆出一口氣，怪小剛說：「好險哪，差點就露餡了。咱們可是拉過鈎要為小哪吒保密的。」

小剛不由得掌嘴：「都怪我管不住這張嘴⋯⋯」

大家忙又攔住他：「知錯能改就好嘛！」

小健回到家，只見小哪吒正在忙碌地幫媽媽擺碗筷，本來笑盈盈的小臉一見到小健忽然就沉了下來。

小健知道他對自己有意見，忙趁媽媽在廚房的功夫向哪吒道歉：「對不起啊，小哪吒。哥哥這幾天事情實在太多，有時對你不夠耐心，你別往心裏去啊！」

哪吒還是嘟起嘴：「你會幫我借《哪吒鬧海》嗎？」

「小敏姐姐說星期五把書帶去圖書館給你。」

哪吒這才露出了笑臉：「還是小敏姐姐對我好⋯⋯」

媽媽端着一盤菜出來，聽到了哪吒的話，做出不

高興的樣子説：「怎麼？叔叔阿姨對你不好嗎？小健哥哥對你不好嗎？看，這是你愛吃的『螞蟻上樹』。你再説剛才那些話，我就不讓你吃了！」

哪吒忙一把抱住媽媽的腿求饒：「阿姨對我最好了，阿姨最喜歡我了……」他又拉住小健的手來回晃着求他，「小健哥哥，你快幫我説句話呀，不然我就吃不上『螞蟻上樹』了……」

媽媽「噗嗤」地笑出聲來，拿指頭戳着哪吒的額頭：「誰也比不上我們哪吒聰明，看多會説話呀。」

下班回家的爸爸正好看到這一幕，也和大家一起快樂地笑了。

晚上做完功課，小健打開清風那本《天快黑了》，認真地讀了起來，不時在電腦上寫下幾句感想。他想趕快打個閲讀報告的草稿，星期五才好和大家討論。

哪吒趴在寫字桌上，眼光一會兒落在書上，一會兒落在電腦上，嘴上唸唸有詞：「這本書非常好看，故事很吸引人，插圖也很鮮艷……」

小健看着他：「我這本書沒有什麼鮮艷插圖呀。」

哪吒不好意思地解釋：「我在想怎麼寫《哪吒鬧

海》的閱讀報告呢。」

小健對他說：「寫之前你得認真地把書讀兩三遍，概括出書的內容，寫作特點，你自己的讀書收獲⋯⋯」他忽然恍然大悟：「對！我的閱讀報告可以這麼分三部分。第一部分概括《天快黑了》的內容；第二部分分析這本書的寫作特點；第三部分談自己的收獲⋯⋯好！就這麼去寫⋯⋯」

他「啪啪啪」地敲開了電腦鍵盤，沉浸在自己的思路中，熒幕上很快地出現了一句話，兩句話，一行，一段⋯⋯

哪吒不敢打擾，躲到房間去給小敏打電話，説

小健哥哥在忙着寫閱讀報告，他要寫三部分，第一部分已經寫完了。

小敏聽着哪吒的電話，沉吟了一會兒：「哦，三部分恐怕還不夠，還要加一部分才完整。」

哪吒不全懂小敏的話，只是惦記着《哪吒鬧海》那本書，便提高了聲音對着話筒喊道：「小敏姐姐，星期五你別忘了給我帶書啊！」

小敏一口答應：「放心吧，忘不了！」

星期五那天，怕引人注意，爸爸媽媽和小健還是讓哪吒駕着活力輪從圖書館的窗戶進去。雖然棒球帽擋住了頭頂的小山峯，外表上和普通孩子差不多了，可是那麼小的孩子出現在學校，還是會引起大家好奇的呀。

哪吒聽話地駕起輪子，輕輕飛進圖書館。

一見到哪吒，小敏就把《哪吒鬧海》交給他，又把一篇文章交給小健。

小健讀了文章的題目：天黑之後是天亮——清風《天快黑了》讀後感，下面的署名是舒小敏。

小敏平靜地說：「我聽哪吒說你計劃寫三部分。我建議在開頭加一部分：介紹一下作者清風。你可以

參考一下我這篇文章的第一部分。」

小剛翻了翻文章：「這就是一篇完美的閱讀報告呀！」

小鈴眼珠一轉，琢磨了一下，明白了什麼：「小敏你本來是想用這篇參賽的吧？可聽小健說他也想寫這本書的報告，你就退出，把機會讓給了小健！」

哪吒叫出聲來：「小敏姐姐，這樣你不就得重新去找書，重新再寫了嗎？多麻煩呀。」

小敏淡淡一笑：「小健要準備朗誦比賽，還要準備閱讀報告。他的時間比我緊張。他能用一本書去做兩件事，不是更方便嗎？」

小健感動得說不出話：「小敏，你總是為別人着想。你這篇閱讀報告寫得那麼好，不用就可惜了。你還是交上去吧，我們可以競爭嘛。」

「別那麼說，」小敏還是淡淡地笑着，「我覺得友誼比得獎更重要，有機會幫人怎麼會可惜呢。」

小鈴很遺憾地歎了口氣：「你的文章是有機會奪冠的呢。」

小敏忽然俏皮地「咭咭」笑起來：「我寫另一篇，

不見得就奪不了冠啊。」

小剛替她擔心：「過幾天就要截稿了，你來得及嗎？」

「我已經寫好了……」小敏轉過身用眼光尋找。

一直沒說話的陳老師揚了揚手中的 A4 紙：「小敏的文章昨天就交給我提意見了。我只有三個字的評價：非常好！誰來給大家唸一唸？」

哪吒高舉着手不肯放下。

陳老師便把文章交給他：「哪吒，好好唸一下。」

哪吒的聲音非常清亮：

書寫「成長」的世界
——評成長小說《十三歲的深秋》
舒小敏

《十三歲的深秋》是本港作家黃虹堅的代表作之一。黃女士從事文學創作以來，作品有小說、散文、電影劇本等多種，其中一些作品獲得中國內地、台灣和本港多項文學創作獎，她近年關注少年成長，創作相關的題材。最新

作品是《月亮下的奔跑》，作品通過四名中學生不同的成長，表現了成長的不同風光。

《十三歲的深秋》的主角是一名十三歲的中學生程月朗。她生於一個香港中產階級家庭，由於父親移民導致父母感情出現裂痕。程月朗對自己的身世產生疑惑，對父母間的問題感到困擾，加上本身性格叛逆，令她成長的內心世界變得十分複雜。作家把她的心理成長描畫得非常細膩真實。程月朗因為失去家庭的關心呵護，有可能走上邪路。幸而大人意識到這個問題，及時阻止了她滑向迷途。主人公的命運變化，使讀者一直為她擔心、關心和開心。

我喜歡作者的文字，她的記敘、描寫都非常生動，筆調流暢，文字流動間富含感情，很有感染力。在閱讀過程中，我不但學到了正確的文字表達，還常被作品的文字意境打動，被牽引走進豐富的感情世界。

當前的社會十分複雜，少年的成長也因而挑戰重重。社會和家長透過這本書，可了解到少年成長的艱難，從而了解他們，理解他們，指引他們。

黃虹堅的作品貼近現實生活，關注人的內心世界，較受讀者、特別是中小學生的歡迎。我覺得作家是我們的朋友，她明白我們的心。

小鈴忽然誇張地大叫：「我有一個預感：這次閱讀報告比賽的冠、亞軍，就在我們身邊！」

小剛也誇張地呼應：「絕對的！恭喜恭喜！」

他朝着小敏和小健抱拳作揖。

大家忍不住笑了起來：「神經病！」

小哪吒學着小剛的樣子，朝哥哥姐姐們一個個作揖，嘴裏說：「你們當中無論誰得獎，我都一樣高興！……小敏姐姐我幫你放到收稿箱吧……」說着，他拿起稿子，「噔噔噔」地甩開雙腿跑到收稿箱前，踮起腳跟，鄭重地、虔誠地把文稿投了進去。然後低頭默默合掌，彷彿在做祈禱。

陳老師感動地說：「小傢伙是在學地球的人的禮儀，祝福你們呢。」

實用文小教室：閱讀報告

　　「閱讀報告」是在閱讀一本書或一篇文章後，寫的感想和體會。整體來說，閱讀報告的內容沒有嚴格的規定，可以自由地抒發自己的想法，圍繞作品的內容、思想、價值等方面去寫。

　　要留意的是，不要只作「很好、不錯」等虛泛評價。無論稱讚或批評，都要有理有據，清楚說明。而且，這既是「閱讀」文章或圖書之後的「報告」，內容要圍繞該文章或圖書來說，不應離題。

閱讀報告的格式樣本

標題

正文
　開　首
　主　體
　結　尾

概括全文的內容重點，一般會寫明「閱讀報告」。

有時在標題之下，加上署名和日期，也可放在正文最後。

正文開首交代書本或文章的基本資料：書名或文章名稱、作者、出版社、出版年份。可用段落或列點表達。

如果是較少人認識的作者、作品，或是作者生平、時代背景等有助了解該書或文章的資料，可略加介紹。

正文結尾，可對正文主題加以歸納，或抒發個人的讀後感、對作品的評價等等。

正文主體可包括內容摘要、人物分析、寫作技巧三部分。如果正文內容較多、較長，可適當地劃分不同部分，加上小標題，方便閱讀。

7 標語、海報、單張、廣告
我要為你們做海報

日子一天天過去，轉眼哪吒在小健家住了有好幾個月了。

這個星期天，媽媽一大早就把全家人換下來的衣服都洗了，哪吒天天戴的棒球帽，媽媽也把它洗得乾乾淨淨的。洗的時候媽媽發現帽子裏藏着一張寫滿字的紙條，便隨手把它放到褲袋裏。

晾衣服時，哪吒在一旁幫忙，媽媽告訴他：「等會兒阿姨要上街買菜，帶上你！」

這些日子，媽媽上街都愛帶着哪吒。小傢伙除了能見到、學到不少地球的新鮮事，還能幫媽媽拿東西。別看他個子不大，力氣可不小，拿着滿滿一籃子菜，走路都不帶喘氣的。

哪吒聽到媽媽招呼，脆脆地答道：「太好了……喲，我的棒球帽還沒乾呢。」他摸着腦袋上的小山峯說。

「那就不戴了唄⋯⋯」小健説，「反正現在不少街坊鄰居都知道我們家住了個小客人，好多人都見過哪吒了⋯⋯」

「不行不行⋯⋯」爸爸從房間裏跑出來，手上拿着藍綠色相間的毛線帽子，打斷了小健的話，「哪吒的秘密不能叫人發現，還是把帽子戴上！」

爸爸説着就把帽子扣到了哪吒頭上。

媽媽説：「還是要小心，小心駛得萬年船⋯⋯中午咱們吃哪吒最愛吃的紅燒雞腿冬菇，我把冬菇泡上了再走。」

小健看到爸爸媽媽都在圍着哪吒轉，有點不開心：「哪吒都成媽媽的小跟班了。我也要去！」

爸爸看出了小健的心思，哈哈大笑：「你還吃弟弟的醋了？陳老師不是要求你們設計標語和廣告嗎？你還是在家等着幾位閱讀大使來吧。還有，你的朗誦準備了那麼長時間，也該讀給大家聽聽了。今天就留在家裏好好去完成這一切吧。」

哪吒一聽到「標語」和「海報」的字眼就豎起耳朵：「哎，又是新的文章種類？都是些什麼呀？」

爸爸說：「這孩子就是好學！你問問小健哥哥吧。」

對這麼個可愛的孩子還耍什麼性子呀？小健只好耐心地給哪吒解釋：「哦，閱讀報告比賽的結果快要公布了，陳老師讓我們設計個標語掛在學校大樓前面，給閱讀活動鼓鼓勁加加油……」

正說着，小剛、小鈴和小敏都來了，大家抓緊時間開始了討論。

小剛認為標語要突出閱讀的意義，小鈴說要號召大家投入到閱讀活動。小健想了想說：「我認為標語要有鼓動性。」

只有小敏不怎麼說話，對着哪吒微笑：「小哪吒，提個建議吧。」

哪吒覺得小敏姐姐很尊重他，有些激動，認真想了想，說：「嗯，我給你們出出主意……有了：讀書太重要了，學生都要好好閱讀，還要讀好的書，才能增長知識，才能成為好人，才能在閱讀報告比賽中勝出……」

他的話還沒說完，小剛就捧腹大笑：「哎喲，你

那是寫文章！」

　　小敏認真地接話：「還真別説，哪吒説得挺全面的，我們可以在哪吒的話裏提煉出幾句簡短有力的，按要求擬寫出標語。」

　　小健覺得腦子裏電光一閃，急忙説：「讀書是個好事！我來説第一句：讀書好⋯⋯」

小鈴受到啟發：「讀書是好，也得有個態度哇。」

　　我說第二句：「好讀書……這個『好』，聲調要讀成『愛好』的『好』。」

　　小剛拍手：「太棒了，三個字就變出了兩句標語！」

　　小敏笑着看着小剛：「第三句也可以由這三個字變出來。書有好壞之分，還要提倡……」

　　小剛搶着說：「讀好書！」他擦擦額上的汗，「我總算也貢獻了一句！」

　　哪吒用清脆的聲音讀出標語：

讀書好，好讀書，讀好書！

　　爸爸媽媽在一旁鼓掌，說這標語言簡意賅，容易記，又有鼓動性，實在是好！

　　小健說：「下面進入第二個環節，寫一則作家來學校做講座的海報。」

　　「是哪位作家？」爸爸媽媽問。

　　「學校這次邀請的是寫《十三歲的深秋》的黃虹堅，她答應在閱讀報告頒獎時做嘉賓，給得獎的同學

頒獎。」

小鈴問小敏：「你這次閱讀報告不就是寫的《十三歲的深秋》嗎？」

小敏說：「可不是嗎？我這次把她寫的書都讀了一遍，非常喜歡這位作家……」

小敏的話還沒說完，小剛就起哄：「你既然把她都讀透了，就由你來寫海報好了。」

哪吒替小敏抱不平：「小剛哥哥你又想偷懶啊？」

不料小敏一口答應：「行！陳老師給我們布置任務的時候，我就開始動腦了，剛才來的路上基本上都想好了。這份講座的海報屬於宣傳文字，我們要介紹一下作家的寫作追求和成績，要說清楚講座的時間、地點及講座進行的程序，呼籲同學們積極參與……還有什麼呢？」

大家都說這些內容足夠了，動筆寫就是了。

眾人便簇擁到電腦前，哪吒一蹲一竄，擠到了最前面。

大家一人說一句，各出主意，互相糾錯，很快就把海報寫好了。

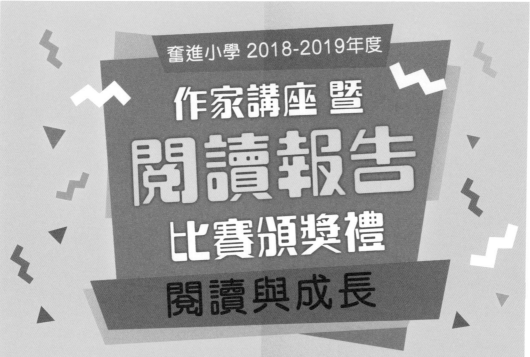

奮進小學 2018-2019年度

作家講座 暨 閱讀報告 比賽頒獎禮

閱讀與成長

日期：2018 年 12 月 20 日（星期四）
時間：下午一點至兩點
地點：本校禮堂
講者：香港著名作家黃虹堅女士

作者簡介

　　黃虹堅女士文學創作成績斐然，其小說、散文、電影劇本及兒童少年文學作品曾數獲中國內地、香港、台灣等地多項文學獎項。其《零點五分》、《講不完的故事》表現了香港小學生成長中的故事。《十三歲的深秋》、《月亮下的奔跑》是為小學高年級及中學學生寫的，表現了自我價值確立的過程及種種艱辛。

　　黃女士的作品故事曲折真實，人物形象鮮明，文字準確達意，文筆清新流暢，作品深受中小學生和家長的歡迎。

講座簡介

　　黃女士將用自己的經歷，說明閱讀好書在成長中的重要性。講座設有問答環節，歡迎同學們就「閱讀與成長」的話題向黃女士發問。

　　講座之後，林校長將代表「閱讀報告比賽評選小組」宣布比賽的結果，並恭請黃女士為得獎同學頒發獎狀和獎品。

　　歡迎同學們積極提問，千萬不要錯過了向作家請教的機會！

讓我們熱烈期待當日的精彩！

大家都説該在校園裏多貼幾份海報，各樓層也都貼一份。為了不影響上課，最好在放學後張貼。

小剛自告奮勇：「這些力氣活就交給我小剛吧。」

哪吒扯扯他的手：「小剛哥哥，帶上我吧！我保證不給你添麻煩，有人發現了，你就説……」

爸爸媽媽在一旁説：「小剛你就説哪吒是我們陸家的親戚，是小健的堂弟嘛。」

小剛還是有點猶豫：「我是怕一旦被人發現傳到媒體那裏……」

「你放心，我跑得快呀，不會讓他們抓到什麼痕迹的……」哪吒幾乎是在哀求，「因為我想……想把有關海報的事從頭到尾都學一遍。我希望……希望布魯校長能邀請你們——我的地球朋友到活力星球上去，讓你們也開一個講座，講講地球的文化和生活……」

媽媽「啊」了一聲，想起洗衣服時棒球帽裏掉出來的那張紙，忙掏出來唸道：

親愛的布魯先生，我尊敬的校長：

　　當您讀到我這封流暢的中文信時，您就知道把我送到地球來實習的決定是多麼的英明！我在地球交了好多朋友，他們愛我助我教我，使我的中文特別是實用文的知識和寫作技能有了長足進步。我太希望您可以見見這些聰明、善良、可愛的朋友了！

　　尊敬的校長，如果您可以安排，能請他們到活力星球未來學校去做個講座嗎？您和我們活力星球的人，將會聽到非常精彩的地球故事。

　　屆時我會聽從您的吩咐，協助您完成各項組織工作……

　　信就寫到這裏。哪吒有點遺憾地歎了口氣：「沒寫完……你們看，我是不是需要把『海報』的全套本事學到手？哪天你們真要到活力星球作客，我好幫着布魯校長寫一份海報去張貼啊！」

　　大家都被感動，小鈴一把抱着哪吒更是哭得稀里嘩啦：「小哪吒，現代科學還不能讓我們飛到另一個星球。可你寫的這封信，説明你真是個有心有愛的好孩子啊！」

小健下了決心：「咱們和陳老師說一聲，就由我們四個帶着哪吒去貼海報。只要做好掩護，不會出什麼事的！有事咱們也能對付！」

大家都同意：「就這麼說定了！下面該進入第三個環節了……小健，很快就是朗誦總決賽了，唸給我們聽聽，看哪裏還要改進。」

媽媽說：「好了，誰都不許走！給家裏打個電話，說今天就在阿姨這兒吃午飯了。我給你們做紅燒雞腿冬菇……喲，都十點多了，雞腿還沒買呢……走吧，哪吒！」

媽媽帶着哪吒走了之後，家裏響起了小健抑揚頓挫的朗誦聲：天快黑了，可是我們不怕黑。我們一天天長大，我們是勇敢的人，我們是美好的人……

賣雞腿的鋪子旁邊是個電器商場，哪吒一看到大電視機正播放古裝劇就邁不動腿了，說：「阿姨，我在這兒等您好嗎？買好了就叫我一聲，我幫您拿東西。」

媽媽只好吩咐他就呆在那個位置，哪兒都別去。

屏幕上穿插着賣汽車的廣告，汽車的速度也很驚

人呢。哪吒看得津津有味。這時走過來一位大哥哥，從手上一疊厚厚的黃色紙張中抽出一張，塞到哪吒手上。

「這是什麼？」

「電器大減價的宣傳單張。拿回去讓爸爸媽媽看看！電視機洗衣機電冰箱都減價酬賓！」

是這麼一份資料：

永盛電器

15/11－
15/12

20周年誌慶
優惠大酬賓

全場貨品8折起 指定貨品低至半價

七星牌
42 吋 LED 液晶體電視
全高清

原價：$9999
特價：$6999

日升牌
290L 雙門電冰箱

原價：$6999
特價：$4999

海鳥牌
7KG 滾筒式洗衣機

原價：$4999
特價：$2499

勿失良機，歡迎踴躍選購！

媽媽買完東西出來，招呼哪吒回家。

哪吒卻不願意抬腳，指着電視上的畫面問：「阿姨，那上面兩句話是海報嗎？」

畫面上一輛轎車正在沿江公路上疾馳。

「噢，海報宣傳的是一些活動，說明活動的性質及安排，吸引大家參加。現在電視放的是『廣告』不是『海報』。廣告是針對商品的，目的是宣傳商品的特點或者價格，吸引消費者購買。這個賣汽車的廣告，除了有畫面，還用了一句唐朝詩人李白的詩，突出這款汽車的快速。還有的是公益廣告……快看！現

在電視上放的廣告就是勸人戒煙的公益廣告：天天一支煙，壽命短幾年。你手上拿的這張黃紙也是宣傳材料，是另一種形式的廣告。廣告比較多樣化，報刊、電視台、電台、燈箱……還有你手上的單張都可以登廣告……哎呀，來人了，快走！」

媽媽緊張地拉着哪吒的手想躲開，可是來人已經大聲叫出聲來了：「陸太太，今天這麼晚才來買菜呀？我和外甥剛喝過茶，走過來一身是汗……哎喲，這孩子怎麼還戴個毛線帽子？不熱嗎？」

來人是李婆婆和她的外甥，那是一個精瘦的三十多歲的男子，五官都長到了一起，臉上顯得很擠。

李婆婆邊說邊把手放到哪吒頭上，卻忽然叫了一聲，把手縮了回去：「他頭上怎麼長了個大包？」

那個男子瞪着眼，不停地上下打量哪吒。最後，他拿出手機讓哪吒站好：「來來來，叔叔給你照張相！」

一股濃濃的煙味從他嘴裏噴出。

媽媽用身體擋住哪吒，不讓那人照相，嘴裏應付了幾句，裝着要買電風扇，把哪吒拉到商場裏。轉身

那一刻，她聽見那外甥小聲對李婆婆說：「舅母，你放心！欠你的錢我很快就能還給你！」

李婆婆沒好氣地頂他：「你還有什麼本事？去偷？去搶？」

「你不懂……新聞能賣大價錢呢！」

外甥貪婪的目光正落在哪吒身上，媽媽記得李婆婆說過她外甥是電台的編輯，聽到他說賣新聞的話，心裏一陣不安。

媽媽囑咐哪吒：「記住那個人的臉！見到他就躲。明白嗎？」

哪吒用力地點點頭，心裏卻只顧着高興：今天學了四種文章的知識，收穫太大了。

實用文小教室：
標語、海報、單張、廣告

標語、海報、單張、廣告都屬於宣傳文字，也就是通過一定的媒介，把信息向外宣布、傳揚的文字，例如宣傳意見、主張、活動、商品或服務的情況等等。

標語

「標語」又叫口號，可用來傳遞重要的信息。它往往用字精煉，富有鼓動性，能帶動羣眾的情緒。標語可以只有一兩句，每句句子的字數大多相同，加上多有押韻，使人容易記住，也便於傳誦。

海報

「海報」常用於宣傳某些活動，也應有鼓動性。除了有吸引力的標題，還應有活動日期、時間、地點、人物介紹等等，視乎活動性質而定。有時在結尾可加上主辦單位、協辦單位等資訊。

在海報上，雖然文字很重要，但更重視的是整體的美術設計和視覺效果，要吸引人閱讀，從而傳達信息。所以海報上的標題、各項文字內容，都可作一些美術設計。內容擺放的位置、字體大小等等都可靈活處理。

單張

「單張」常用於推銷商品、選舉、推介活動等等，大多在街上派發，或經郵遞傳送。相對於海報，單張的尺寸多較小，包含的信息也較少。不過，單張跟海報一樣，要有美觀的設計，才能吸引人。

廣告

「廣告」常針對商品做宣傳推廣，涉及商品的性能、價格或優惠的內容等等。廣告的形式較多變化，可以刊登在報章、雜誌上，出現在路邊或商店裏，又或以影像、聲音等形式，在電視、電台或互聯網上播放等等。

按內容來看，廣告還分商業廣告、公益廣告等類別。公益廣告和商業廣告都同樣希望影響人們的行為方式，呼籲捐血、注意環境衞生等內容的，都是公益廣告，它的目的不是賺取金錢。

標語、海報、單張、廣告這四種文體都需要吸引接收信息的人關注，使他們受自己一方觀點的影響，以行動去響應。所以，各種宣傳文字都應該做到信息清楚、簡潔易懂，有自己的特色，能一下子吸引對方注意，容易讓人記住。

8 賀卡、邀請卡、慰問卡
哪吒，別了！

　　講座舉行那天，本該是陳老師最忙碌緊張的一天，小健提早到了學校，看有什麼可以幫忙的，另外也打算和陳老師約個時間輔導他的朗誦，過兩天可就是總決賽的日子了。

　　圖書館裏見不到陳老師。一位臨時來替班的年青老師告訴小健，說陳老師請了病假，聽說她半夜裏進醫院了。

　　小健追問陳老師得的是什麼病？年青老師搖搖頭表示不知道：「聽說病得不輕。」

　　小健忐忑不安，可是快上課了，也來不及和閱讀大使們商量了。他躲進廁所，偷偷給哪吒打了個電話，讓他設法探聽一下陳老師的情況。

　　「只是不知道陳老師住的哪個醫院……」

　　「你放心，我的活力盒能根據她手機信號搜尋。不過……」哪吒的聲音聽上去與平時有些不同。

「怎麼了？」小健追問。

原來哪吒發現，最近常有兩三個男人在家門口探頭探腦，脖子上還掛着長槍短炮式的照相機，其中一個就是李婆婆的外甥。他聽阿姨，也就是小健的媽媽說過那人是電台的，人不太地道，讓他小心。

布魯校長也提醒過哪吒，提防利用他賺錢的人。如果安全受到威脅，「第一時間你就要撤退。孩子，你不能再留戀地球的文化了，那些人會毀了你的⋯⋯」老頭子歎了口氣說，「你要回到活力星球繼續你的生活，可是臨走前你一定要向你的地球朋友告別，好好地告別。因為⋯⋯因為你們很可能很長時間、甚至一輩子都不能再見面了⋯⋯」

哪吒一想起布魯校長的話就想哭。但他怕小健他們擔心難過，從來沒透露過布魯校長這番話，此刻在

電話裏更是故意用輕鬆的口氣說：「今天閱讀報告比賽揭曉，你要第一時間告訴我結果啊。我真希望你們全都得獎！」

小健和哪吒約好，中午吃飯時再通電話。

可是中午時哪吒的手機關了，小健收到的是哪吒的語音留言。他說他已經設法和陳老師見過一面，陳老師得的是急性闌尾炎，昨晚動過了手術，今天感覺好多了。她還說她不擔心大家閱讀報告的成績，她知道大家都盡力了，成績應該不錯。只是老師不肯透露是誰得了獎，她說不是下午就會知道了嗎？最後老師特別讓哪吒轉告小健，他的朗誦比賽前兩輪表現都很好，決賽那天希望他能全力以赴，表現出最好的狀態……

說到這裏，哪吒的聲音有些哽咽，似乎哭了：「我……我擁抱了陳老師，謝謝了她，和她告別了……」

小健在心裏笑了一下：這小哪吒真是孩子氣，陳老師不是大步跨過去了嗎？幹嘛要哭哭啼啼的嘛。

他用短信把信息發給了小敏他們。小鈴建議放學

後到圖書館集中，給陳老師製作一張慰問卡。

小健回覆：「就這麼說定了，不見不散。」

下午作家的講座很精彩，大家聽得專注入神，禮堂裏鴉雀無聲。講座結束後，由校長主持閱讀報告比賽頒獎禮。她打扮得特別莊重，穿上了一襲紫紅色的旗袍。

校長總結了閱讀報告比賽的情況，然後宣布了各組別的前三名：「……高級組比賽的冠軍是六A班

的舒小敏同學。她閱讀的書是這次講座的嘉賓、作家黃虹堅女士的《十三歲的深秋》。她閱讀報告的題目是：書寫『成長』的世界……」話剛落音，台下便響起了一片掌聲。

「我就說嘛，得獎的跑不掉小敏和小健……」小剛使勁地鼓掌，一邊和小鈴交換着眼色。

結果小健得了亞軍，小鈴得了優秀獎。

小剛比自己得了獎還高興：「喜訊啊！真是喜訊啊！我們幾個閱讀大使不是白吃飯的……」

領獎時，小敏淡定地走上台。從自己喜愛和尊敬的作家手中接過獎狀獎品時，她失去了平日的沉穩，雙頰緋紅，顯得有些激動。她先謝了學校，又謝了作家，後來她說：「最後我還要謝謝圖書館的陳老師。我想把這個獎送給她，祝她早日恢復健康！」她用目光找尋着小健小剛他們，「我相信我代表了許多同學的心願，他們跟我一樣愛陳老師……」

好多同學還不知道陳老師住院的消息，台下一陣交頭接耳，接着響起了更熱烈的掌聲，這掌聲是送給陳老師的。

一散會，小剛就急匆匆地跑進教室，大呼小叫道：「快！快！上次做壁報剩的彩色紙在哪兒？快拿出來！」

　　「你想做什麼？」大家看着小剛。

　　「我們做幾張賀卡，祝賀閱讀報告得前三名的同學呀！」

　　「好提議！」大家都稱讚小剛，幫着從書櫃裏翻出彩色紙，裁成信封大小。

　　「寫賀卡沒難度，我先來！」小剛提筆就寫了起來，不一會便得意地揮動着剛完成的「賀卡」大叫：「寫好了，你們看！」

實至名歸
恭喜恭喜！

小剛

同學們看了，都搖起頭來。小鈴摀着嘴笑說：「你這叫賀卡嗎？你連上款都沒寫，到底要送給誰啊？」

　　「祝賀原因也沒有，不知道你在祝賀什麼！」

　　「還有啊，日期呢？必須有的內容都沒有啊⋯⋯」

　　小剛聽着同學們一面倒的批評，心情頓時變得沮喪。

　　小鈴看到小剛垂頭喪氣的樣子，拍拍他的肩膀，說：「我們一起來討論討論，看看賀卡應該怎樣寫吧！」

　　小剛這才振作起來，認真地聽小鈴和同學們說話。

實用文小教室：賀卡

　　「賀卡」是帶有祝賀信息的卡片，可以是因為別人遇到開心、喜慶的事情而祝賀對方，例如生日、獲獎、結婚、生子等等；也可以在佳節例如新年、聖誕節來臨時，表達自己對別人的祝賀。

賀卡的格式樣本

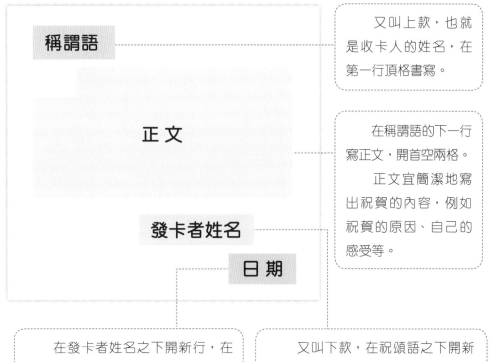

又叫上款，也就是收卡人的姓名，在第一行頂格書寫。

在稱謂語的下一行寫正文，開首空兩格。

正文宜簡潔地寫出祝賀的內容，例如祝賀的原因、自己的感受等。

在發卡者姓名之下開新行，在行尾寫上發卡的日期（年、月、日），比發卡者姓名更接近行尾。

又叫下款，在祝頌語之下開新行，接近行尾的位置書寫。

發卡者姓名之前可以加發卡者自稱。從「發卡者自稱」可以見到發卡者和收卡者的關係。

如果是寫給長輩，可在發卡者姓名之後加「上」字，以表尊敬。

小鈴拿出自己寫的賀卡，為小剛逐點說明賀卡的寫法。

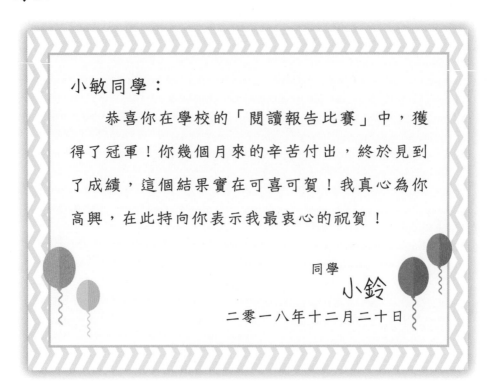

小敏同學：

　　恭喜你在學校的「閱讀報告比賽」中，獲得了冠軍！你幾個月來的辛苦付出，終於見到了成績，這個結果實在可喜可賀！我真心為你高興，在此特向你表示我最衷心的祝賀！

同學
小鈴
二零一八年十二月二十日

小鈴說：「我這張卡是寫給小敏的，所以在第一行頂格我寫上了收卡人的名字『小敏』。正文寫出了祝賀的原因，並寫上了賀詞，像我這裏寫的『恭喜』、『可喜可賀』。最後，還寫上發卡人的姓名和發卡日期⋯⋯這些都是必須有的內容和要遵循的格式。」

美兒的個子小，好不容易才鑽到小鈴身邊，拉着她說：「小鈴，聖誕卡也是賀卡的一種吧？我剛好要

送你一張聖誕卡,請幫我看看寫沒寫錯!」

說着,她從書包裏掏出一張漂亮的聖誕卡。

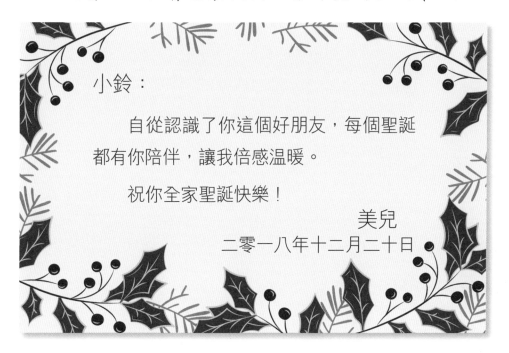

小鈴:

　　自從認識了你這個好朋友,每個聖誕都有你陪伴,讓我倍感温暖。

　　祝你全家聖誕快樂!

美兒

二零一八年十二月二十日

小鈴看着聖誕賀卡,開心地說:「嗯,上款、下款都寫對了。收卡者是我,所以寫了『小鈴』;發卡者是你,所以寫了『美兒』。在你的名字下面,寫上了發卡日期,有年、月、日。這張卡有祝賀的內容,也符合賀卡的格式要求。美兒,你寫得真好哇!」

小剛說:「美兒的賀卡提醒了我們,轉眼就到聖誕節了。今年我搬了家,地方大多了,爸爸媽媽歡迎大家到我家去搞個聖誕晚會。邀請卡我都做好帶來

了。凡是留在香港過聖誕節的同學都到我家去熱鬧熱鬧，好不好？」

大家都拍手歡呼：「一個字：好！兩個字：很好！三個字：非常好！」

就在同學們熱鬧談論的時候，有人大喊：「我們今天的主角來了！」

同學們齊刷刷地望向走廊，是小敏走過來了！

大家一擁而上，開心地把她拉進教室。不管是不是一個班的，大家都真心地祝賀她取得了冠軍，還送上大家剛寫好的賀卡。

小敏感動得不知說什麼才好。

「咳咳——大家聽我說——」小剛見自己完全插不上話，只好使出這一招。

同學們都靜了下來。

小剛向小敏送上一張卡，說：「小敏，我們剛說好要一起搞個晚會，現在正式邀請你參加。這是我寫的邀請卡，請收下吧！」

小敏接過卡，打開一看，上面寫着：

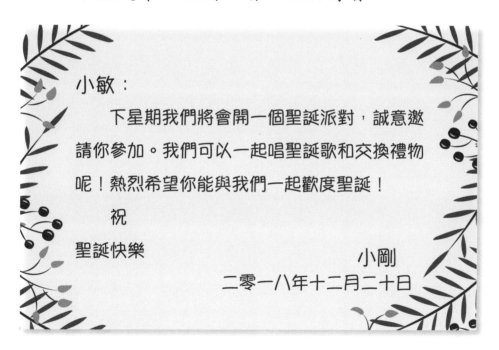

小敏有點疑惑：「嗯……這個……你們什麼時候開聖誕派對啊？地點呢？」

小鈴答道：「這個月二十五號，聖誕節當天啊！」

小剛也搶着說：「地點就在我家！剛才我們都說好了。」

小敏笑笑，溫和地說：「這些怎麼沒寫上去呢？」

小鈴怪小剛說：「你不寫清楚活動的基本資料，人家怎麼知道時間合適不合適，自己能不能出席呢？」

「你們批評得對！我寫得太草率了！」小剛有點難為情。

就在這時，天上藍天被一道金光劈開，接着是狂風呼嘯，教室大樓也彷彿被震晃了一下。

同學們都傻了。美兒驚叫起來：「天哪，這天空怎麼金光一片啊！」

小剛、小鈴和小敏交換了一下眼色，知道是哪吒出行了。但如果不是遇到特別危急的情況，他是不會把活力閥調到這個級別的。那孩子總為人着想，怕騷擾了其他人。

天空很快恢復了正常。

美兒定下神來，說：「好了好了沒事了，我們還是繼續談邀請卡吧！」

實用文小教室：邀請卡

邀請卡是邀請別人參加活動的卡片，應該寫清楚活動或相關事件的資料，例如日期、時間、地點，並且要表達出邀請的誠意。

邀請卡的格式樣本

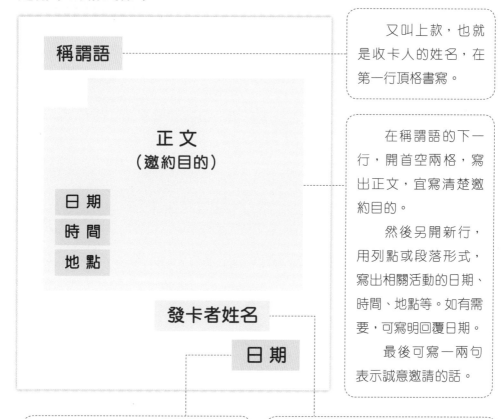

又叫上款，也就是收卡人的姓名，在第一行頂格書寫。

在稱謂語的下一行，開首空兩格，寫出正文，宜寫清楚邀約目的。

然後另開新行，用列點或段落形式，寫出相關活動的日期、時間、地點等。如有需要，可寫明回覆日期。

最後可寫一兩句表示誠意邀請的話。

在發卡者姓名之下開新行，在行尾寫上發卡的日期（年、月、日），比發卡者姓名更接近行尾。

又叫下款，寫完正文之後，開新行，在接近行尾的位置書寫。

發卡者姓名之前可以加發卡者自稱。從「發卡者自稱」可以見到發卡者和收卡者的關係。

如果是寫給長輩，可在發卡者姓名之後加「上」字，以表尊敬。

「原來邀請卡的格式跟賀卡不同，我還以為是一樣的呢！」小剛覺得茅塞頓開。

小鈴分析道：「賀卡要表達出對對方的祝賀，而邀請卡是想邀請別人參加活動。活動的資料當然要寫得詳細，行文也要表現出誠意，希望對方能夠接受邀請出席。」

美兒笑着說：「小剛，你剛才給我的邀請卡，時間地點都沒有，我真懷疑你是不是有誠意邀請我呢！」

「美兒你這樣說就讓我不開心了，我在卡裏不是寫了『誠意邀請你參加』嗎？」小剛看起來真有幾分傷心了。

「我也試試寫一張邀請卡吧！」小敏拿過一張彩色紙，看着小剛：「這張給誰？」

小剛真誠地說：「小健唄。怎麼少得了他這個靈魂人物呢？」

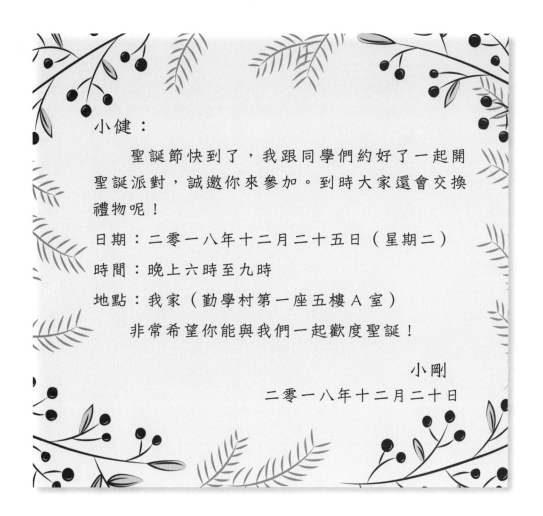

小健：

　　聖誕節快到了，我跟同學們約好了一起開聖誕派對，誠邀你來參加。到時大家還會交換禮物呢！

日期：二零一八年十二月二十五日（星期二）

時間：晚上六時至九時

地點：我家（勤學村第一座五樓Ａ室）

　　非常希望你能與我們一起歡度聖誕！

小剛

二零一八年十二月二十日

　　「現在活動的日期、時間、地點都寫清楚了，也表達了邀請的誠意，還按要求寫好了收卡人和發卡人的姓名、發卡日期……」小剛忽然想起來，「哎呀，在這兒說了半天，怎麼沒見小健的影子啊？」

　　小鈴尖聲叫道：「壞了，我們和小健有約，要在圖書館集合，給陳老師寫慰問卡的呀。」

美兒便往外轟他們：「那還呆在這兒幹什麼？快去呀，別讓小健一個人等你們幾個呀！」

去圖書館的路上，小剛有點犯愁：「慰問卡應該怎麼寫呢？格式跟賀卡或者邀請卡有什麼不同？」

「到那兒再和小健商量一下吧。」小敏說。

到圖書館一看，桌上早有一份寫好的慰問卡，筆迹是小健的。可是他躲在了圖書館的另一頭，藏在書櫃後面，隱隱聽到他正在打電話，聲音壓得非常低。

小敏朝小剛招招手，讓他看桌子上的那份慰問卡，然後一點點地給他解釋格式的要求。

實用文小教室：慰問卡

　　「慰問卡」是安慰、問候對方的卡片，一般是對方生病、有喪事等不好的事發生了，而自己不能親身前去安慰、問候對方的時候使用，所以慰問卡裏應該寫出慰問的原因，並且表達關心。

慰問卡的格式樣本

稱謂語

又叫上款，也就是收卡人的姓名，在第一行頂格書寫。

正文

　　在稱謂語的下一行寫正文，開首空兩格。
　　正文宜寫出慰問的原因，以及安慰和問候對方。

發卡者姓名

日　期

　　在發卡者姓名之下開新行，在行尾寫上發卡的日期（年、月、日），比發卡者姓名更接近行尾。

　　又叫下款，寫完正文之後，開新行，在接近行尾的位置書寫。
　　發卡者姓名之前可以加發卡者自稱。從「發卡者自稱」可以見到發卡者和收卡者的關係。
　　如果是寫給長輩，可在發卡者姓名之後加「上」字，以表尊敬。

陳老師：

　　驚悉您因病入院動手術，我們感到十分擔心。您現在覺得好些了嗎？我們都很想念您！

　　您是「閱讀報告比賽」的評委，想必早已知道我們幾個閱讀大使的成績。但我們是多麼想向您當面再報告一次，因為我們幾個的文章，都傾注了您教育和輔導的心血。

　　我們當中的小健，很快就要參加校際朗誦比賽的總決賽了。沒有您陪着參賽，實在可惜。可是，小健一定不會辜負您的期望，會全力以赴，爭取最好的表現，以答謝您的關心和指導！

　　希望您早日出院，早日康復！

　　祝

身體健康

　　　　　　學生

　　　　小健、小剛、小敏、小鈴上

　　　　二零一八年十二月二十日

小敏細細道來：「這張慰問卡是寫給陳老師的，正文要寫出慰問的原因——陳老師住院動手術了，要表達我們的安慰和問候。正文之後，要寫上發卡者的姓名。相對於陳老師，我們是『學生』，所以發卡者的身分是『學生』，然後寫我們幾個人的名字。陳老師是長輩，我們在發卡者名字後面，要寫個『上』字以示尊敬。最後，當然要寫上發卡日期。」

小剛提問道：「這次我們是我們幾個人做代表，所以寫的是我們幾個人的名字。如果是以我們班的名義送這張卡，要寫上全班每個同學的名字嗎？」

小鈴大笑着說：「全班同學的名字寫得過來嗎？只寫『XX 班學生』就行了。」

小剛拿着慰問卡欣賞，說陳老師收到這張卡一定很高興，傷口也會好得快些，說不定還能來參加我們的聖誕派對呢。

「咳！差點忘了！」小剛才想起要給小健的聖誕邀請卡。他走到書櫃那邊找小健，打算當面邀請他參加自己家的派對。想不到小健正靠着書櫃，坐在地下看着手機發呆。他一臉都是哀傷，像剛哭過的樣子。

「怎麼了？」

小敏和小鈴也跟了過來。大家從未見過小健這副樣子，都吃驚問道：「小健，出什麼事了嗎？」

「哪吒要離開我們了⋯⋯」小健一開口，眼眶便紅了。他把手機交給大家，那裏有媽媽傳過來的照片，那是一封信。

原來媽媽下班回到家，見不到哪吒，只見到桌上有封哪吒的信，他向大家告別，説要回活力星球去了。

大家推舉小鈴讀信：

親愛的叔叔阿姨，親愛的哥哥姐姐們：

　　哪吒此刻要向你們告別，回活力星球的家去了⋯⋯

他把布魯校長的警告和訓令完完整整地告訴了大家，説近來他的確深感安全受到了威脅。他發現總有人在樓下、家門口遊蕩監視，上街也有人跟蹤。今天

小健哥哥讓他去找陳老師，還發生了一件事：一輛私家車緊追他不放。當然他們是追不上他的，所以他才能在他們到來醫院之前，探望了陳老師。

離開醫院的時候，他還沒來得及開啟活力閥，就在走廊裏遇上了那些跟蹤他的人，有五、六個呢，其中就有李婆婆那個精瘦的外甥。他們見到他，就甩出了一條細細的鋼絲。鋼絲看來平常，裏面卻裝着先進的芯片。被它擊中，哪吒的活力盒、活力閥、活力輪便會通通失效。這是活力星球人最為忌憚的神器。

那個精瘦的男人指揮着再次甩出鋼絲，尖聲叫嚷着為那些人打氣：「打中了，前頭有一千萬在等着……加油啊！」

幸虧哪吒眼明手快，搶在他們再下手之前套上了活力閥，一飛衝天，又搶在他們前頭回到了家，寫下了這封信。

哪吒說家已經很不安全了。樓下聚了好多人，抬頭朝陸家的窗戶指指點點的，護衞員曾上來按過門鈴，還有一片人聲叫他打電話給業主陸先生和陸太太。如果不是護衞員說沒他們的手機號碼，叔叔阿姨

的手機恐怕早就響爆了。

　　哪吒說，他不希望因為他而破壞了地球朋友們平靜的生活，所以他要向他們告別了。他在信中說：

　　　　在地球生活這四個月，我不僅學習到地球的文化、特別是實用文的知識，我也收穫了你們對我深深的愛，我會記住在地球生活的每一天，會記住你們每一個人。我真盼望能有一天在活力星球上迎接你們！我會為你們拉起歡迎標語，貼上歡迎海報……

　　　　告別了，雖然我心中有千萬個捨不得，但我的地球之旅是時候結束了。我會記得你們，懷念你們！

　　　　「天快黑了，可是我們不怕黑。我們一天天長大，我們是勇敢的人，我們是美好的人……」這是小健哥哥朗誦的詩。就讓我們讀着這幾句詩告別，為小健哥哥的總決賽表現加油吧。

　　　　愛你們，想你們，永遠。

　　祝
快樂、進步！

　　　　　　　　　　　　你們永遠的朋友和弟弟　哪吒
　　　　　　　　　　　　2018 年 12 月 20 日

讀到這裏，小鈴已是泣不成聲：「哪吒説布魯先生讓他回去之前，要和地球的朋友好好地告別……因為他可能很長時間、甚至一輩子都不能再和我們見面了……」

所有人的眼眶都濕了。

哪吒就是在這兒第一次出現。他自我介紹説：「你們好！我叫哪吒，想和你們交個朋友。」

真是個可愛、聰明、好學、熱心的孩子！短短幾個月，大家就和哪吒好得難捨難分，實在不想和他分開啊。

夕陽在天上燃燒，窗外吹來強勁的風。滲着橙紅霞光的天空出現了一圈淡淡的藍綠光，它盤桓在圖書館的屋頂上，一圈一圈又一圈……

小健忍住淚水：「那藍綠色是哪吒的毛線帽子……」

小剛吼了一聲：「哪吒捨不得走啊……」

小鈴哭出了聲。

小敏也抽泣着：「哪吒一定是把活力閥調到了最安靜的級別，在這麼一幕美麗的畫面裏，向我們溫柔

地告別……」

　　沉寂了一會，小健忽然朝着天空大聲地朗誦：「天快黑了，可是我們不怕黑……」

　　小敏馬上加入：「我們一天天長大……」

　　小剛和小鈴叫起來：「大聲點！讓哪吒能聽得見……」他們也加入了朗誦，朝着天空大聲唸道：「我們是勇敢的人，我們是美好的人……」

朗誦聲越來越大，越來越大，彷彿響徹了天空。

那一圈藍綠光停在了圖書館的上空，好久好久，最後才一點點變小，緩慢地漸漸遠去……

大家朝着那束藍綠光，依依不捨地喊道：「哪吒，別了！」

天空也迴響着他們的喊聲：哪吒，別了！

名家寫作教室
小學生必學的實用文

作　　者：黃虹堅
插　　圖：ruru lo cheng
責任編輯：陳友娣
美術設計：游敏萍
出　　版：新雅文化事業有限公司
　　　　　香港英皇道 499 號北角工業大廈 18 樓
　　　　　電話：(852) 2138 7998
　　　　　傳真：(852) 2597 4003
　　　　　網址：http://www.sunya.com.hk
　　　　　電郵：marketing@sunya.com.hk
發　　行：香港聯合書刊物流有限公司
　　　　　香港荃灣德士古道 220-248 號荃灣工業中心 16 樓
　　　　　電話：(852) 2150 2100
　　　　　傳真：(852) 2407 3062
　　　　　電郵：info@suplogistics.com.hk
印　　刷：中華商務彩色印刷有限公司
　　　　　香港新界大埔汀麗路 36 號
版　　次：二〇一八年九月初版
　　　　　二〇二一年六月第二次印刷

ISBN: 978-962-08-7086-6
© 2018 Sun Ya Publications (HK) Ltd.
18/F, North Point Industrial Building, 499 King's Road, Hong Kong
Published in Hong Kong, China
Printed in China